Robert, Annina und Kudowski, drei in dem kleinen Ort Waldesruh Gestrandete, fahren in einem schwarzen Suzuki Samurai durch das verschneite Land in Richtung Süden. Es ist das Land, das man kennt, und doch ist es anders. Das Schweigen der Häuser und die verschlossenen Fensterläden erzählen von tiefen Träumen, und kaum ein Mensch zeigt sich auf den Straßen. Die drei Reisenden kennen sich nicht gut und könnten kaum unterschiedlicher sein. Der Zufall hat sie zusammengeführt auf ihrer Reise in die eigene Vergangenheit und auf der Suche nach Liebe und Geborgenheit in dem vom Winter erfassten Land.

Benjamin Lebert lebt in Hamburg. Er hat mit zwölf Jahren angefangen zu schreiben. 1999 erschien sein erster Roman *Crazy*, der in 33 Sprachen übersetzt und von Hans-Christian Schmid fürs Kino verfilmt wurde. Sein zweiter Roman, *Der Vogel ist ein Rabe*, erschien 2003, danach 2005 *Kannst du* und *Flug der Pelikane* 2009.

Benjamin Lebert

Im Winter dein Herz
Roman

Atlantik

Atlantik Bücher erscheinen im
Hoffmann und Campe Verlag, Hamburg

1. Auflage 2014
Veröffentlicht als Atlantik Taschenbuch
Copyright © 2012 by Hoffmann und Campe Verlag, Hamburg
www.hoca.de www.atlantik-verlag.de
Umschlaggestaltung: Katja Maasböl, Hamburg
Umschlagabbildung: Leisinger/plainpicture
Satz: Pinkuin Satz und Datentechnik, Berlin
Gesetzt aus der ITC Mendoza
Druck und Bindung: C. H. Beck, Nördlingen
Printed in Germany
ISBN 978-3-455-65014-3

Ein Unternehmen der
GANSKE VERLAGSGRUPPE

Jutta, für Dich.

Das Leben ist Schlaf, dessen Traum die Liebe ist.
Du wirst gelebt haben, wenn Du geliebt haben wirst.
Alfred de Musset

In Hamburg lebte ich nahe der Innenstadt. Im Gängeviertel. In seinem Gewirr aus dicht aneinandergebauten, alten Häusern mit schiefen Fenstern und schmalen Treppenstufen hatten früher die armen Bürger der Stadt gewohnt. Aber viel war nicht mehr davon übrig geblieben, nur ein paar Gassen, lagerhausähnliche Gebäude und aschfarbene Hinterhöfe, in denen Künstler ihre Ateliers hatten. Das Haus, in dem ich wohnte, war über zweihundert Jahre alt. Es hatte blassrote Steinmauern und kreuz und quer verlaufende Holzbalken. Von außen sah es aus, als wäre es betrunken oder sehr erschöpft und müsste von den beiden anliegenden, größeren Häusern gnädig in die Mitte genommen werden. Ich mochte das Haus gern. Ich hatte eine kleine Wohnung unter dem Dach, die warm und behaglich war und in der ich mich in manchen Momenten vor dem Zähnefletschen der Stadt in Sicherheit wähnte.

Einen Stock unter mir wohnte der zweiundfünfzigjährige Herr Plasa mit seinem sanften Lächeln und seinen abstehenden Ohren, der in einem Gewürzgeschäft in der Speicherstadt arbeitete und während der Woche jeden Abend pünktlich um Viertel vor acht die Stufen zu seiner Wohnung hinaufstieg. Ich war ihm zu diesem Zeitpunkt schon oft im

Treppenhaus begegnet. Aber noch häufiger hörte ich ihn von meinem Wohnzimmer aus. Er hatte ein Atemgerät mit zwei Schläuchen daran, die zu seiner Nase führten. Aber es schien nicht viel zu helfen. Jedenfalls nicht beim Treppensteigen, denn er musste auf jedem Stockwerk haltmachen. Und oben, während ich unter einer Decke auf meiner weißen Couch lag, auf der man sich oft so fühlte, als segelte man in eine blaue Weite hinaus, wusste ich: Jetzt tritt er im Treppenhaus wieder ans Fenster, stützt die Arme auf das Fenstersims, schaut geduldig auf den Hinterhof mit den Mülltonnen und dem zerschlissenen Ledersessel hinab, den irgendwer dort unten abgestellt hatte, und bis er weitergehen kann, atmet und atmet er geschlagene fünf Minuten lang. Oft fragte ich mich, ob er in diesen Minuten an etwas dachte, das ihm dabei half, seinen Atem zu kontrollieren. Ob er vielleicht im Geiste zählte. Ob er in seinem Inneren, wie aus einem geheimen Kästchen, eine schöne Erinnerung hervorholte. Zum Beispiel, wie ihm sein Großvater irgendwo vor den Toren Hamburgs, an einem lichtdurchfluteten Tag, gezeigt hatte, wie man einen Rasen mäht. Obwohl dieses schwere Schnaufen viel Traurigkeit in sich barg, gewöhnte ich mich an das allabendliche Nachhausekommen von Herrn Plasa, und jedes Mal, wenn ich ihn wieder atmen hörte, fühlte ich eine seltsame Geborgenheit, die ich mir nie ganz erklären konnte.

Im unteren Teil des Hauses, mit großen Fenstern und einer Glastür zur Straße hin, war der renommierte Geigenbauer C. Fendel. Dort arbeitete neben dem Besitzer und dem jungen Christian aus Luzern, der, über eine Hobelbank gebeugt, mit großer Gemütsruhe und Sorgfalt die Geigen bearbeitete, während ihm immer wieder sein weiches, braunes Haar in die Stirn fiel, auch Sophie. Sophie war vierundzwanzig Jahre alt und in einem Dorf auf der Schwäbischen Alb aufgewachsen, dessen Namen ich vergessen habe. »Ich bin von der Alb«, hatte sie bei unserer ersten Begegnung ein wenig schüchtern gesagt. Als wir uns kennenlernten, baute sie gerade eine Bratsche, die sie bei einem nationalen Wettbewerb vorstellen wollte. Ob sie dann einen der Preise gewonnen hat, weiß ich nicht.

Sophie und ich sind ein paar Mal zusammen ausgegangen. Sie hatte lange Haare, durch die eine ländliche Morgensonne zu scheinen schien, und vertrauenserweckende Schultern. Sie lachte oft und warf den Kopf zurück, und man lachte gern mit ihr. Trotzdem dachte ich hin und wieder, dass ihr Lachen eine gewisse Anstrengung und heimliche Traurigkeit verriet. Manchmal, wenn sie fröhlich drauflos erzählte, sah man die Häuser ihres kleinen Dorfes vor sich und die felsigen Hügel ringsum, und man ahnte, wie eine bestimmte Form der Freude dort systematisch in Schach gehalten worden war.

Einmal, an einem Abend im Juni, nahm Sophie mich zum Salsatanzen ins La Macumaba mit. Ich konnte kein bisschen Salsatanzen. Aber Sophie schon. Ausgezeichnet sogar. Sie war häufiger dort gewesen, und an diesem Abend forderte sie routiniert viele gutaussehende Männer zum Tanz auf und ließ sich von ihnen gekonnt herumwirbeln. Zwischendurch fand sie aber immer noch Zeit, mit mir zu tanzen, das heißt, mir ein paar Schritte beizubringen und währenddessen gegen die lauten Rhythmen anzureden. Ich weiß noch, sie erzählte von dem Unterschied zwischen dem Salsastil aus Los Angeles und dem aus New York City, den ich aber sofort wieder vergaß, weil es klar war, dass ich so schnell keinen der beiden lernen würde. Trotzdem war ich stolz darauf, wie ich mich schlug. Ich spazierte mit einem kleinen Glück im Herzen, das ich in dieser Nacht noch hütete, durch die weiche Sommerluft nach Hause.

Keine zehn Gehminuten entfernt von dem Haus, in dem ich lebte und in dem Sophie an ihrer Bratsche arbeitete und

Herr Plasa Abend für Abend schnaufend die Treppen hochstieg, war der große Park Planten un Blomen mit seinen exakt geschnittenen Rasenflächen, makellos gepflegten Blumenbeeten und Weihern, über die im Sommer goldene Pollen schwebten. Und mitten in dieser Parkanlage war das Hamburger Untersuchungsgefängnis. Ein Gebäudekomplex aus dunkelrotem Backstein. Umgeben von einer hohen Mauer, die mit Stacheldraht abgesichert war. Ich ging oft in Planten un Blomen spazieren und hing meinen Gedanken nach. Und mehrere Male kam es vor, dass, während ich an der hohen Mauer des Gefängnisses entlangmarschierte, etwas meine Aufmerksamkeit auf sich zog und mich aus meiner Versunkenheit holte. Plötzlich war da ein Mensch, jedes Mal ein anderer, der im Schein der Nachmittagssonne auf eine der Bänke stieg und, so laut er konnte, die Hände zum Sprachrohr geformt, etwas zu den hohen, vergitterten Fenstern des Gefängnisses hinaufrief. Einen Namen. Und er rief so lange, bis er eine Antwort erhielt. Meistens waren die Personen auf den Bänken junge Frauen. Ich habe immer nur ausländische Wörter gehört, die gerufen wurden, sodass ich dieses kurze, laute, seltsame Zwiegespräch, das sich dann entspann, nie verstehen konnte. Aber das Bild eines Menschen, der von einer kleinen Parkbank aus diesem großen, gewaltigen, verrammelten Ungetüm von Gebäude etwas entgegenbrüllt, rührte mich. Bekanntlich führt einen das Leben fast immer an der Nase herum. Vielleicht brüllte eine oder mehrere dieser jungen Frauen ja auch die übelsten Beschimpfungen in die Höhe. Aber das glaubte ich nicht, oder besser gesagt, das wollte ich nicht glauben. Ich wollte glauben, dass dieser außergewöhnliche Moment im Leben dieser zwei Menschen nur mit einer einzigen Sache zu tun haben konnte: mit Liebe.

Damals war ich davon überzeugt, dass, wohin einen das Leben auch führt – auf eine Allee im Herzen des Südens, in einen angenehm ausgeleuchteten Saal, an dessen Wänden sich vielleicht das Gelächter einer Gesellschaft bricht, oder in einen karg eingerichteten Raum mit Stäben vor den Fenstern –, eines ist immer und überall gegeben: die Möglichkeit, die Aussicht auf Liebe. Jeder Ort, an dem man für längere oder kürzere Zeit verweilt, der plötzlich, auf unerklärliche oder scheinbar ganz natürliche Weise wichtig ist, der fast zu so etwas wie einer Gemütsverfassung, einer Geisteshaltung wird oder vielleicht auch nur eine Station darstellt, die man schnell hinter sich lässt, jeder Ort, selbst wenn er einem vielleicht Angst macht, hat, so schien mir, eine kleine Öffnung, einen Riss, durch den jederzeit Liebe hineinsickern kann.

Dieser Gedanke spendete mir oft Trost. Und er kam mir in den Sinn, als ich ein kleines Zimmer mit grauem Filzteppichboden bezog, das ungefähr dreihundert Kilometer entfernt war von dem Untersuchungsgefängnis im Park. Und in dem ich, wie ich wusste, auf nicht absehbare Zeit würde bleiben müssen. Das Zimmer, an das ein Bad anschloss, befand sich im ersten Stock eines weißen Gebäudes, das etwas von einer neuzeitlichen Festung hatte und in dem man sich, sobald sich die Glastüren mit Bewegungsmelder schwerfällig hinter einem schlossen, gleichermaßen beklommen und sicher aufgehoben fühlte. Es war eines von mehreren unterschiedlich alten Häusern, die in einer weitläufigen, romantisch anmutenden Parkanlage wie in einer Heimat standen.

Am Tag meiner Abreise aus Hamburg, an einem Dienstag im Oktober, hatte ich meinen Wecker auf 6 Uhr 20 gestellt. Ich sehe mich noch genau, den jungen Mann, der da im Gängeviertel, als die Vorhänge der Nacht noch geschlossen waren, in der Pyjamahose auf dem Boden hockte, mit Gliedmaßen, die dünn geworden waren wie Bambusstöcke. Und die CD mit den tibetischen Heilsilben laufen ließ, die er damals fast manisch immer wieder gehört und mit intoniert hatte – A, OM, HUNG, RAM, DZA –, während draußen der Wind über die Dächer strich und das Unheil wegblies wie eine magische, unsichtbare Reinigung. So hatte ich es mir damals zumindest immer gern vorgestellt.

Der ICE nach Göttingen rollte eine gute Stunde später aus dem Gewölbe des Hamburger Hauptbahnhofs.

Ich fuhr erste Klasse. Die letzten Kilometer legte ich im Taxi zurück.

Ich hatte an meinen Vater denken müssen. Und an seine Worte. Als ich neun war, sollte ich einmal in den Ferien allein mit dem Zug von uns zu Hause, einem kleinen Ort an der Isar, über München und Stuttgart bis zu meiner Tante und meinem Onkel nach Heidelberg reisen. Ich fuhr nie gern von zu Hause fort und fürchtete mich vor den beiden. Besonders vor meinem Onkel, der jeden Tag, obwohl ich ja freihatte, mit mir in seinem Arbeitszimmer für die Schule lernen wollte. Meine Eltern sahen diesen Urlaub, soviel ich weiß, als eine Art Muttraining an. Aber ich weiß noch genau, wie mich mein Vater am vorletzten Abend vor meiner Abreise mit einem ungewöhnlich ernsten Gesichtsausdruck in unserem hellen Flur am Fuß der Treppe abfing, sich mit gletscherblauen Augen umschaute und, als niemand zu sehen war, mir schnell ein paar große Geldscheine in die Hand drückte und sagte: »Butterbreze, pass auf ...« Er nannte mich immer Butterbreze. Auch vor seinen Schülern, das heißt meinen Kameraden. Ich weiß nicht, warum. Vielleicht war es einer seiner pädagogischen Ansätze. Sein Versuch, einen Jungen, der seiner Ansicht nach ein wenig zu angestrengt in den Tag blinzelte, dadurch aus der Reserve zu locken, dass man ihm einen niedlichen Namen gab, der aber eben auch ein bisschen lächerlich war. Natürlich mochte ich es früher nicht, dass er mich so nannte, und war deshalb immer zornig auf ihn. Heute, da ich meine Augen fest schließen muss, um seine tiefe Stimme mit dem bayrischen Einschlag zu hören, der einem dabei hilft, gegen viele Misstöne des Lebens anzureden, und diese Stimme schon fast verklungen ist, als hätte sich eine unbeugsame Kraft die Töne genommen und zerstäubt, denke ich anders darüber. Mein Vater steckte mir die Scheine zu und sagte: »Die hebst du jetzt auf! Tust sie oben in das Kästchen, da, wo du deinen Haifischzahn reingetan hast. Und wenn du nach Heidelberg fährst, kaufst du dir am Bahnhof noch schnell den Zuschlag für die erste Klasse.«

Mein Vater war nicht bekannt dafür, dass er uns häufiger ohne Grund Geld gab. Er gehörte eher zu den Vätern, die sehen wollten, dass seine Kinder es sich verdienen. Ich schaute ihn überrascht an, und er bückte sich ein wenig und legte mir wie zur Bekräftigung die Hand auf die Schulter, eine Geste, die normalerweise nicht zu seinem Repertoire zählte. Ich erinnere mich daran, wie leicht sich seine Hand auf meiner Schulter anfühlte, obwohl sie kräftig war, und wie seine Hand und sein schwerer, dunkelblauer Wollpullover rochen. Nach Roth-Händle-Tabak. Und den Gummimatten, die immer in der Turnhalle verwendet wurden. Da war außerdem ein leichter, sonderbarer Hauch von Pfefferminz. Er erklärte, ich solle meiner Mutter lieber nichts von dem Geld erzählen und es schnell nach oben bringen. Aber bevor er mich gehen ließ, gab er mir noch einen Rat. Einen der wenigen, klar ausformulierten Ratschläge, die ich von ihm erhalten habe. Und der einzige, von dem ich sagen kann, dass ich mich immer daran gehalten habe. »Weißt du«, sagte er mit einem unsicheren Lächeln, »man muss im Leben oft schwere Wege gehen. Es hilft nichts. Aber immer, wenn wieder so ein Weg ansteht, dann denk dran: Reise bequem und am besten erster Klasse.«

Göttingen war in Grau eingehüllt, und kalter Regen fiel. Ich sagte dem dicken Taxifahrer, einem freundlichen, alten

Griechen mit keck anmutenden Lücken zwischen den Zähnen, wo es hingehen sollte. Er nickte kurz und drehte den Schlüssel im Zündschloss. Anscheinend war diese Route bestens bekannt. Während der Fahrt wandte er sich hin und wieder zu mir um und erzählte, dass er auch einmal zusammengebrochen und fast in so einer Klinik gelandet wäre. Als sein Elektrogeschäft pleiteging. Und ich weiß noch, dass er meinte, das Leben sei wie ein Stierkampf. Und man selbst der Stier. Wie er das so sagte, den Kopf schüttelte und dabei schnüffelte, als hätte er den Geruch von Sand und Blut in der Nase, hatte er für mich tatsächlich etwas von einem Stier. Einem stattlichen griechischen Exemplar, bereits mit einigen Speeren im Rücken, das sich aber tapfer hielt.

Wir fuhren aus der Stadt hinaus und ließen bald auch kleine Ortschaften mit Fachwerkhäusern zurück. Dann mussten wir wegen Baustellen eine Umleitung fahren, die in nächster Nähe zur Autobahn verlief, auf der die Menschen in ihren Wagen auf der regennassen Fahrbahn in zwei Himmelsrichtungen ihrem persönlichen Herbsttag entgegenjagten. Weiter ging es über eine Brücke in ein kleines Dorf, an einem ländlichen Gasthaus mit Garten und Holzzaun vorbei, dann folgte ein pfeilgerader Schlussspurt auf einer langen Straße, an deren Seiten hohe, dem Raunen des Oktobers ergebene Birken standen.

Die ganze Fahrt über sah man die Welt durch einen Vorhang rinnenden Wassers. Und die ganze Fahrt über hielt ich den Brief auf meinen Knien – das Aufnahmeformular. Ich hatte das Formular bereits, kurz bevor ich aus dem Zug gestiegen war, aus meiner Umhängetasche gezogen, starrte immer wieder darauf und befühlte es wie Ausweispapiere, die man für das Überschreiten einer Grenze benötigt.

Lieber Herr Kiefhaber,

auf Veranlassung von Dr. Tonda Fides haben wir Ihre Aufnahme hier in Waldesruh für

<u>*Dienstag, den 5. Oktober 2010*</u>

vorgesehen.

Bedenken Sie, dass Sie Ihre Krankenhauseinweisung am Aufnahmetag hier vorlegen müssen, und bringen Sie auch Ihre Versichertenkarte mit. Sollten Sie im Moment Medikamente einnehmen, bitten wir Sie, die verordneten Präparate in ausreichender Menge mitzubringen. Außerdem bitten wir Sie, zur Aufnahme aktuelle Befundberichte vorzulegen.

Treffen Sie am Aufnahmetag im Laufe des Vormittags im Krankenhaus ein, spätestens jedoch bis 11 Uhr 30.

Nach Ihrer Ankunft gehen Sie bitte zuerst in die Verwaltung, um dort die unumgänglichen Aufnahmeformalitäten zu erledigen. Das Verwaltungsgebäude finden Sie etwa 100 m von der Haupteinfahrt entfernt, auf der linken Seite.

Wir wünschen Ihnen eine angenehme Anreise.

Und während ich meinen Blick wieder aus dem Fenster richtete, sprach ich leise das Postskriptum vor mich hin:

Wir machen Sie darauf aufmerksam, dass der Winterschlaf vom 2. Januar bis zum 5. März zum therapeutischen Programm gehört und nicht freiwillig ausgesetzt werden kann. Bitte bringen Sie das Rezept für die Schlafmedikation mit.

Die Frau im Verwaltungsgebäude, die für meine Einweisung zuständig war, sah aus wie eine treuherzige Großmutter, die ein paar verschrobene Ansichten vertritt, aber einen ausgezeichneten Apfelkuchen backt. Und an ihren Blicken, routiniert mitfühlend, abgeklärt und ein bisschen erschöpft, konnte man ablesen, dass schon so ziemlich alle denkbaren Krankheiten und Verzweiflungen, gebannt in einen menschlichen Körper, in ihr schlicht eingerichtetes Büro marschiert waren, um bei ihr Meldung zu machen. Ich saß ihr gegenüber an einem grauen Tisch, und während sie die notwendigen Formulare ausfüllte und Fragen stellte, ließ sie immer wieder einen Satz fallen wie: »Sie brauchen nicht so unruhig zu sein!« Oder: »Soll ich die Tür dort hinter Ihnen zum Nebenraum schließen? Würden Sie sich dann wohler fühlen?«

Es schien, als hätten ihre Sensoren für gewisse menschliche Befindlichkeiten aufgrund der tagtäglichen Belastung im Laufe der Zeit eine kleine Macke entwickelt und schlügen deshalb viel zu früh Alarm.

Was mich anging, so reichten normalerweise tatsächlich schon die sanftesten Striche aus, mit denen manche Geschehnisse in meinem Leben gezeichnet waren, um mein Herz unruhig schlagen zu lassen. Aber in dieser Situation war ich verhältnismäßig gelassen. Gelassener jedenfalls, so schien es, als sie.

In meinem Zimmer hob ich meinen Rollkoffer auf das schmale Bett und tat ein paar langsame, ziellose Schritte. Es roch nach Staub. Dem Filzbelag des Bodens. Nach dem weißen Stoff der Gardinen. Nach neuer Holzlackierung. Und es war, als läge in der Luft, die man in der Stille dieses Zimmers atmete, noch der schwache, Traurigkeit auslösende Duft eines Blumenstraußes, der hier einmal gestanden hatte, um binnen kurzem zu verwelken. Durch zwei gekippte Flügelfenster schaute man hinunter auf eine Wiese mit vom Regen durchweichten gelben Blättern. Ein kleiner Fußweg schlängelte sich über die Wiese zu einem der anderen Häuser, einem flachen, langgestreckten Bau. In dem wahrscheinlich gerade ein anderer Neuling sein Zimmer bezog. Vielleicht eine junge Frau, dachte ich. Vielleicht war sie aber nicht wie ich freiwillig hierhergekommen, sondern hatte schlussendlich einem Bündnis ihres Vaters, ihrer Tante und ihres Psychiaters gegenübergestanden, dem sie nichts entgegensetzen konnte. Vielleicht weinte sie gerade. Und ihre Zimmerkameradin, wenn sie denn eine hatte, warf zaghafte Blicke auf den auf dem Bett zusammengekauerten Körper der jungen Frau und war sich nicht recht sicher, was jetzt am besten zu tun sei – trösten? Sich weiterhin ruhig verhalten? Das Zimmer verlassen?

Und während ich am Fenster stand, mit den Fingern über die kühle Platte des Schreibtischs aus Buchenholz strich und der Blick, durch mein weiches Spiegelbild hindurch, von dem anderen Haus zu zwei leeren Bänken wanderte, über die sich jeweils ein nackter, aus rostigen Stäben zusammengesetzter Bogen spannte, der in der wärmeren Jahreszeit sicher von sommerlichem Grün überwachsen war, dachte ich wieder an das Gespräch zurück, das ich mit meinem Therapeuten geführt hatte. Es war das letzte Gespräch mit ihm gewesen vor meiner Abreise an diesen Ort. Wir waren im Verlauf der Sitzung auf einen Satz von Franz Kafka zu sprechen gekommen: Wege entstehen dadurch, dass man sie geht. Dieser Satz hatte mir immer gut gefallen. Mein Therapeut hatte dazu gesagt: »Mut zum Leben haben, das ist gleichbedeutend mit reger Phantasie. Weil man sich immer wieder einen Weg vorstellen muss, den es noch nicht gibt.« Er hatte die Therapiestunde dann mit den Worten beendet: »Vielleicht sehen Sie es einfach so, dass man dort in Waldesruh in gewisser Weise vor allem der Phantasie auf die Sprünge hilft.«

Es war 11 Uhr 15. Ich hatte noch zehn Minuten Zeit. Dann sollte ich mich unten vor dem Aquarium in der Eingangshalle mit einer anderen Patientin treffen, die mich mit hinübernehmen würde in den Speisesaal, zu meinem ersten

Mittagessen. Mittagessen. Das Wort flößte mir Grauen ein. Ich spürte, dass ich instinktiv die Lippen zusammenpresste, damit sie nicht zitterten. Sich vor dem Aquarium zu verabreden, das böte sich hier an, waren die Worte von Frau Calin gewesen, einer Frau vom sogenannten Pflegepersonal mit freundlichen, braunen Augen, die immer zuckten, wenn sie einen direkt ansah, und mit einem langen, grobgeflochtenen Zopf. »Die Patienten sagen: sich am Haifischbecken treffen.«

Ich hatte schon Lustigeres gehört. Ich setzte mich an das Kopfende des Bettes neben meinen noch verschlossenen Koffer und schaute auf die leere Pinnwand, die knappe zwei Meter von mir entfernt an der Wand hing. Nach einigen Sekunden, in denen ich die Stufen einer ins Dunkel führenden Wendeltreppe in mir selbst hinabstieg, wurde mir mit einem Mal bewusst, dass etwas auf dieser Pinnwand meinen Blick gebannt hielt und nach und nach an Kontur und Schärfe gewann.

Was ich auf der Pinnwand sah, war kitschig. So kitschig, dass ich mich wegen des Gefühls, das mich überkam, fast ein bisschen schämte. Es war ein Gefühl, als hüllte mich etwas ein, das warm und weich und liebkosend war. Zum ersten Mal fühlte ich mich wohl an diesem Tag. Und in seiner Melodie gewogen.

Ein Mensch, vermutlich mein Vorgänger in diesem Zimmer, hatte die Reißnadeln mit ihren bunten Köpfen so angeordnet, dass sie ein Wort ergaben. Ein kleines, asymmetrisches, auf hellbraunem Grund schwebendes Wort: Liebe.

ERSTES HEFT

Finger aus Schnee

Der Tag war grau und kalt angebrochen. Keine Andeutung von Sonnenlicht. Schneegeriesel durchzog die Luft. Bleichgesichtig war der Ort Mengersgrund. Der Winter hielt ihn in seiner Umklammerung. Hatte nach und nach seine Adern verstopft. Die Häuser – schweigend, verschlossen, verrammelt. Sie schienen Geheimnisse zu bergen, die nicht nach draußen gelangen durften. Die Straßen waren vereist, und darüber hatte sich Schnee gebreitet. Man hatte sie nun seit zwei Tagen nicht mehr geräumt. Kleine Eiskristalle blitzten durch den milchigen Dunst, der über ihnen schwebte. Niemand kam, niemand ging. Über allem lag eine Stille, so tief, dass man sich selbst einen Ton schaffte, der dem leisen Rauschen in einer Meeresmuschel glich.

Die beiden Männer standen unter einem ovalen, von Frost überzogenen Gasthausschild. Und warteten. Jeder der beiden bewegte sich auf seine Weise, um die Glieder zu wärmen. Der eine, mager, blass, mit dunklem Haar, das sein Gesicht umrahmte, und einem weißen Pigmentfleck auf der rechten Augenbraue, war in einen altmodischen, pelzbesetzten Mantel gehüllt, der mindestens eine Nummer zu groß zu sein schien. Ein Schal war um seinen dünnen Hals geschlungen. Und auf dem Rücken trug er einen Rucksack. Der andere, breitschultrig, muskulös, unrasiert, mit einem spöttischen Zug um den Mund und kleinen, hellen Augen, die wachsam dreinblickten wie die eines Kaninchens, war von der wollenen Mütze, die er sich über den kahlen Schädel gezogen hatte, bis zu den schweren Winterstiefeln in Schwarz gekleidet. Neben ihm, im Schnee: seine Reisetasche.

Sie blickten umher, sahen immer wieder die nach Westen und zur Autobahn hin abfallende Straße hinunter.

»Hast du das eigentlich schon mal gemacht – nicht geschlafen?«, sagte der in Schwarz gekleidete Mann plötzlich in die Stille hinein, wie um einen unheilvollen Gedanken zu vertreiben, und seine Worte schwebten wolkig in der Luft.

»Nein«, sagte der andere.

Dabei erinnerte er sich gut an den Winter, an dem er schon einmal wach geblieben war. Er war elf gewesen, damals. Und hatte das Pfeiffer'sche Drüsenfieber gehabt. Der Hausarzt hatte den Eltern mitgeteilt, dass es besser wäre, wenn ihr Sohn in diesem Jahr keinen Winterschlaf hielte. Seine Mutter blieb daraufhin ebenfalls wach. Die meiste Zeit hatte er im Bett gelegen. Hatte zugesehen, wie das dürftige Tageslicht auf eine ruhige, zärtliche Weise in sein Zimmer sickerte und nach und nach an den Regalen mit seinen Spielsachen, den He-Man-Figuren, den Büchern, der Sammlung von Versteinerungen, versiegte und hinstarb. Er wusste noch genau, wie still es um das Haus war. Und wie schön und wohltuend das Gefühl, dass alles schlief. Dass nichts, gar nichts, zu tun war. Keine Grenzen zu passieren, keine Himmel abzusuchen. Dass der harte Herzschlag, der die Menschen in die Tage trieb, besänftigt war, für eine Weile. Dass sich alles auf die kleine Bewegung reduzierte, mit der sich die Brust beim Atmen hebt und senkt. Die Mutter brachte ihm das Essen. Manchmal kam sein Großvater mit seinen schweren, beruhigenden Händen, der grundsätzlich nie Winterschlaf hielt, weil er das unsinnig fand, zu ihm hinauf ins Zimmer und setzte sich an sein Bett. Dann schob er sich das Kissen in den Rücken, und sie spielten Karten. Und der Tee mit Rum, den der Großvater trank, dampfte. Das warme Licht der Nachttischlampe floss in den Abend. Sein Großvater sagte: »Macht dir dieser kleine Schellen-Achter schon Probleme, was?«

Aber er hatte jetzt keine Lust, seinem Gefährten davon zu erzählen. Vielleicht später einmal, dachte er. Er ließ den Blick über die Dächer der Häuser auf die gegenüberliegende Straßenseite gleiten. In der kahlen Krone einer Buche entdeckte er eine aus Brettern und Nägeln gezimmerte Baumhütte, die von der Straße aus recht gut zu erkennen war, wie ein großes Geschöpf aus schwarzen Knochen, das dort oben kauerte und ausharrte. Er betrachtete sie ein paar Augenblicke lang und dachte über kindliche Behausungen nach. Reale und erträumte und über all die tapferen Bemühungen, sie vor Wind und Witterung zu bewahren. Dann wandte er sich um.

Er hörte das Motorbrummen und das Geräusch der Reifen im Schnee. Wenige Sekunden später bahnten sich zwei Scheinwerfer einen Weg durch das weiße Gerieseil und krochen träge den Hügel zu ihnen hinauf. Das Gefährt, das vor dem geschlossenen Gasthaus zum Stehen kam, war ein kleiner Geländewagen. Ein schwarzer Suzuki Samurai mit Faltverdeck und Reifen mit weißen Felgen. Aus dem Inneren kletterte eine junge Frau, um die fünfundzwanzig, vielleicht ein bisschen älter. Schlank, südländischer Teint, ein Pagenkopf, so dunkel, wie Schieferdächer nach dem Regen sind, breite Wangenknochen, das Rot ihres Lippenstifts: leuchtend.

»Hallo, Jungs, nur damit ihr's wisst – ich habe keine Schneeketten.«

»Großartig, wie umsichtig von dir!«

»Wie sieht's aus? Können wir los?«

»Sicher.«

»Vorher aber noch der Beweis!«

Eis knackte unter ihren braunen Lederstiefeln, als die junge Frau zu ihnen kam und ihnen ihre in einem grauen Handschuh steckende Hand unter die Nase hielt. Auf dem schmalen Handteller sahen sie drei kleine Pillen liegen. Zwei blaue und eine weiße.

»Und eure?«

Die Männer kramten in ihren Jackentaschen und förderten jeweils drei ebensolcher Tabletten zutage. Dann konnte man sehen, wie die Gestalten, die dort nahe der Tür des Gasthauses zum Schwan standen, wie auf ein Kommando alle eine ähnliche Armbewegung machten und etwas weit wegschleuderten, in die kalte, mit weißen Tupfen übersäte Luft.

Robert saß hinten im Wagen. Da er, wie Kudowski mit einem Lächeln bemerkt hatte, der Schmalere von ihnen beiden war. Kudowski selbst saß vorne. Neben Annina. Die den Suzuki steuerte. Sie hatten sich mittlerweile auf die Autobahn begeben, auf der kein Wagen fuhr und die in tiefem Weiß vor ihnen lag wie eine große Sehnsucht. Die neblige Trübe des Morgens begann sich langsam aufzulösen. Nur noch wenige Flocken fielen. Am Himmel tauchte ein blaues Riff auf. Sonnenlicht strömte auf die mit Schnee bedeckte, sanft geschwungene Landschaft herab, durch die sie rollten. Machte sie gleißen, und die Bäume hatten bald ein gelbes, bald ein kristallenes Schimmern. Nebelfetzen trieben über die leere Fahrbahn hin und strichen über die Kühlerhaube des Wagens. Sie fuhren auf der geräumten rechten Spur. Jeweils eine Spur aller wichtigen Autobahnen wurde in der Zeit des Winterschlafs geräumt.

»Was ist mit diesem Ritchie, den du dabeihaben wolltest?«, fragte Kudowski, an Annina gewandt. Seine Stimme kam gerade so gegen das Brummen des Motors an, gegen das Klappern der Fenster und Türen, das schwere Rollen der Reifen über den unebenen weißen Untergrund und das sehr laute, flatternde Geräusch des Faltverdecks.

»Holen wir den jetzt noch ab? Und wer ist das überhaupt?«

»Du sitzt in ihm«, antwortete sie.

»Was soll das heißen?«

»Dieser Wagen hier, er heißt Ritchie. Ritchie Blackmore.«

»Ritchie Blackmore?«, wiederholte Kudowski. »Wieso Ritchie Blackmore?«

»Du weißt nicht mal, wer das ist, oder? Ein legendärer Hard-Rock-Gitarrist. War Gründungsmitglied von Deep Purple. Ein kleiner Dämon mit dunklen Locken und funkelnden Augen. Hat eine ganze Heerschar von Gitarristen mit seinem Spiel beeinflusst. Hier kannst du ihn hören.«

Sie schob eine Kassette in die schmale Öffnung des Kassettenrecorders, und laute Musik ertönte. Ein vorwärtspreschender Rhythmus. Orgelspiel. Elektrische Gitarren. Und ein Sänger, der mit hoher, verzweifelter Stimme einen Zigeuner anrief.

»Jesus Christus«, rief Kudowski vorne im Wagen. »Das ist das Schrecklichste, das ich seit langem gehört habe!«

Annina schenkte ihm ein Lächeln.

»Armer Junge«, sagte sie.

Sie zog die Kassette aus der Musikanlage und kurbelte ihr Fenster herunter. Eiskalte Luft rauschte ins Innere des Wagens, wirbelte ihr kurzes Haar auf. Sie warf die Kassette hinaus ins Freie. Robert sah, wie sie auf der vereisten Fahrbahn aufsprang. Eine Erinnerung schlug kurz die Augen auf. Wie der Junge, der er gewesen war, einen flachen Stein auf das Gletschergrün der Isar geworfen hatte. Dann kurbelte Annina das Fenster wieder nach oben.

»Ich wollte euch nur einen Eindruck davon vermitteln, womit ich während des letzten Jahres beschäftigt gewesen bin. Ich war mit jemandem zusammen, der ausschließlich diese Musik gehört hat. Der richtig versessen darauf war. Mir alles erklärt hat. Ganze Abende lang wurden mir Songs vorgespielt. Und wir kauten die Songtexte miteinander durch, wie in der Schule. Das Fach hieß Einführung in die Mythen- und Klangwelt des heiligen Rock'n'Roll.«

»Und wie viele Punkte hast du bei der Abschlussprüfung bekommen?«, fragte Robert und beugte sich ein wenig nach vorn, zu den beiden hin.

»Soll das ein Test sein?«, fragte sie. »Ich kann dir schon einiges erzählen. Wann Ozzy Osbourne bei Black Sabbath ausgestiegen ist, zum Beispiel. Das war 1977. Wieso sich eine Band namens The Tea Set kurz vor einem Auftritt in Pink Floyd unbenannt hat, dass der Drummer von The Who an zweiunddreißig Tabletten Clomethiazol gestorben ist und John Bonham zusammen mit dem Manager von Led Zeppelin an einem ihrer feuchtfröhlichen Abende zerstückelte Katzenhaie in die Muschis von Groupies geschoben hat. Und ich kann euch natürlich viel über Ritchie Blackmore erzählen. Leider zählt der Kurs Rock'n'Roll aber nicht zu denjenigen, die ich abschließen muss, um mein Abitur nachzuholen.«

»Du gehst zur Abendschule?«, fragte Robert.

»Ich mache einen Fernkurs«, sagte sie und lächelte verschmitzt. »Ich habe da so ein Gerücht gehört. Ein heißer Körper soll nicht alles sein. Ich habe übrigens auch Material zum Lernen dabei. Vielleicht mag mich einer von euch ja mal abfragen.«

»Auf dieser Reise wird nicht gelernt«, sagte Kudowski. »Du lernst höchstens von uns.«

»Ja, wahrscheinlich lerne ich von euch das Fürchten.«

»Ich würde gern noch mal auf die zerstückelten Haie zu sprechen kommen«, sagte Kudowski.

»Du brauchst dir keine Hoffnungen zu machen. Meine Muschi ist unempfänglich für Katzenhaie.«

»Wer redet denn von *deiner* Muschi? Ich gebe zu, es drehen sich bestimmt ganze Welten um sie. Aber das Universum ist unendlich groß.«

»So groß, ja? Wie beruhigend.«

»Momentan sind alle Katzenhaie eingefroren«, warf Robert ein.

»Ich weiß nicht, ob das stimmt«, sagte Kudowski.

»Und vor allem weiß ich nicht, was auf dieser Reise noch alles passiert. Vielleicht findet man uns eines Tages um ein kleines Loch im weiten Eis versammelt, und wenn man uns fragt, was wir da machen und weshalb wir nicht schlafen, sagen wir: Wir fischen nach Katzenhaien.«

»Um sie dann in die Vaginas zu stopfen, die es im winterlichen Land zu finden gibt«, ergänzte Robert.

Und Annina meinte: »Beglückend, so ein Ausflug mit zwei Männern, die sich ganz dem huldvollen Streben nach seelischer Erlösung widmen.«

»Übrigens«, sagte Robert, an Kudowski gewandt, »hat Megan Fox angerufen.«

»Was, schon wieder?«

»Sie hat gesagt, sie hat es ein paar Mal bei dir probiert. Hat dich aber nicht erreicht.«

»Ich bin nicht rangegangen. Weil sie mir immer so aufs Dach steigt. Diese Hollywood-Starlets haben einen an der

Waffel. Sie will den ganzen Winter mit mir in einem Hotelzimmer verbringen. Aber ich bin lieber mit euch unterwegs.«

Annina schüttelte den Kopf. »Mir kommt es so vor«, sagte sie, »als wäre ich plötzlich in dem traurigen, müffelnden Zimmer eines Fünfzehnjährigen gelandet. Mit Postern an den Wänden und so, und getrocknetem Sperma in einem Socken, der neben dem Bett auf dem Boden liegt.«

»Du bist gnadenlos«, sagte Kudowski.

»Hin und wieder«, entgegnete sie. »Aber schreib mich noch nicht ab. Das ist nur der Versuch, der großen Gnadenlosigkeit des Lebens beizukommen. Gemäß dem homöopathischen Leitsatz gewissermaßen.«

»Und wie bitte schön lautet der?«

Sie grinste.

»Gleiches mit Gleichem löst sich auf.«

Hinten im Suzuki saß man leicht erhöht wie auf einer niedrigen Kiste. Die Fußablage kam für Roberts Empfinden zu früh. Seine Knie ragten zu weit in die Höhe. Es roch nach dem schwarzen Kunststoff, mit dem die Sitze überzogen waren. Nach Blech. Nach altem Zigarettenrauch, verschüttetem Alkohol. Bananen. Nach Mentholbonbons. Käsecrackern. Und da war der künstliche Zitrusduft, der von dem kleinen Riechbaum vorne am Rückspiegel in hauchfeinen Schwaden durch das Innere des Wagens schwebte. Unter der Handbremse befanden sich ein paar zerknitterte Zeitungsseiten. Er glaubte den russischen Präsidenten Dmitri Medwedew darauf erkennen zu können. Auf Roberts Sitz, genau zwischen seinen Beinen, hatte sich ein Riss im Kunststoff gebildet, und gelber Schaum quoll daraus hervor. Rechts neben ihm, auf einer winzigen, freien Fläche, türmten sich ihre Gepäckstücke. Obenauf Kudowskis Reisetasche, an der noch Schnee klebte. Es war eng, man saß dicht beieinander. Robert nahm die Gänsehaut in seinem Nacken wahr. Das dünne Faltverdeck hielt die winterliche Kälte nicht zurück, und die Heizung zeigte kaum Wirkung. Dennoch fühlte sich Robert in diesem klappernden Gefährt wohl. Es kam ihm vor, als säße er in einem kleinen Panzerwagen. Und das war ein seltsam gutes Gefühl, nicht von Angst überlagert. Zumindest noch nicht, dachte er bei sich.

Er griff neben sich in seinen Rucksack. Mit umständlichen Bewegungen gelang es ihm, den Reißverschluss zu öffnen und eine kleine Plastikflasche hervorzuziehen. Die mit einem weißen und orangefarbenen Etikett versehen war, auf dem stand: Fresubin Energie Trink. Er spürte, wie ihn beim Anblick der Flasche schwindelte und wie er sich innerlich dagegen sträubte, sie zu öffnen. Aber ich muss es tun, dachte er. Mir bleibt nichts anderes übrig. Seit nunmehr vier Monaten, da er kaum mehr in der Lage dazu war, den kinderleichten, natürlichen Vorgang des Essens zu bewerkstelligen - einen Bissen zu zerkauen und hinunterzuschlucken -, hatte er weitestgehend nur diese Getränke zu sich genommen. Fresubin, das war hochkalorische, ballaststoffreiche Trinknahrung. So stand es auf der Flasche zu lesen. Es gab vier Sorten. Himbeere, Erdbeere, Schokolade und Vanille. Anfangs hatte er sie im Wechsel getrunken. Mittlerweile trank er nur noch Vanille, da diese ihm am wenigsten Übelkeit bereitete. Vier Flaschen trank er am Tag, wenn es gut lief. Wenn er es hinkriegte. Zwölf Flaschen hatte er mit auf diese Reise genommen. Was passieren würde, wenn sie aufgebraucht waren, wusste er nicht. Er wusste nicht, wann sie zu einer geöffneten Apotheke kommen würden. Ob die Fresubin in ihrem Sortiment hatte. Ob es ihm unter diesen Umständen vielleicht doch endlich gelang, die eine oder andere Mahlzeit zu sich zu nehmen. Ob er in diesem Winter verreckte.

Ich hätte es nicht tun sollen, schoss es ihm durch den Kopf.

Ich hätte schlafen sollen. Wie die anderen. Der Winterschlaf hatte zum denkbar günstigsten Zeitpunkt angestanden. Und jeder wusste, dass man während der Dauer des Schlafes nichts zu essen brauchte. Höchstens, wenn man zwischendurch einmal erwachte, und das kam sehr selten vor. Robert konnte sich nicht erinnern, in den zurückliegenden Jahren einmal aufgewacht zu sein. Er hätte nach drei Monaten die Augen aufgetan, mit dieser durch und durch erfrischten Seele. Die Morgendämmerung hätte die Gardinen seines Fensters mit goldenem Licht berührt, die Amseln hätten gesungen, und die Welt wäre eine andere gewesen. Und auch er wäre wieder ein anderer gewesen. Einer, der Hunger im Bauch verspürt. Und er wäre in die Küche gegangen, hätte die Schränke geöffnet und alles, alles essen können, wonach ihm der Sinn stand. Stattdessen war er wach geblieben. Weil er die glorreiche Idee gehabt hatte, dass ... Und dabei war es doch vergebens. Alles war vergebens.

Und seine Entourage: eine freche Verkäuferin von der Tankstelle mit heißem türkischem Blut und ein Polizist, dessen Wesen zum Teil aus etwas bestand, das nur manchmal aufblitzte und Robert beunruhigte, eine Kraft, die möglicherweise recht schnell Dinge entzweireißen konnte.

Er öffnete die Flasche und tat einige vorsichtige Schlucke. Er lehnte sich auf dem Sitz zurück. Sah hinaus, durch das schmale, durchsichtige Viereck im Planenverdeck, das wie ein Fenster anmutete. Der Geschmack nach künstlichen Vanillearomen, nach Sahne und nach Eisen begann sich in seinem Mund zu entfalten. Er versuchte sich auf andere Gedanken zu bringen. Aber er kam nicht ganz los vom Winterschlaf. Er musste an die Siebenschläfer denken, die dort draußen in Baumhöhlen, Eichhörnchenkobeln, in alten Speichern, Lagerhäusern und in Löchern in der Erde schliefen. Allein. Zu mehreren, in einer Art Nest. Von ungefähr Mitte Oktober bis Ende Mai. Mit einer Körpertemperatur knapp über null Grad. Und ihre Herzen schlugen nur zwei Mal pro Minute. Im Grunde genommen war es ihnen zu verdanken, dass die Menschen Winterschlaf hielten. Alles hatte damit begonnen, dass Arthur McFinnley, »Sleepy McFinnley«, wie er genannt wurde, sich intensiv mit den Siebenschläfern auseinandersetzte, die sich im Speicher seines Ferienhauses in Cornwall eingenistet hatten. Und in Roberts Kopf liefen jetzt nochmals einige Bilder der Fernsehsendung ab, die er ein paar Tage zuvor im Aufenthaltsraum in der Klinik angesehen hatte. Natürlich in Peters Beisein.

Peter war auch ein Patient in Waldesruh. Ungefähr Mitte fünfzig, Angestellter bei der Post. Mit Schnauzbart und eisblauen Augen. Er hatte große Schmerzen im rechten Bein. Um welche Stelle es genau ging, wusste Robert nicht. Ihm war attestiert worden, dass es sich bei diesen Schmerzen um ein psychosomatisches Leiden handelte. Deshalb war er nach Waldesruh gekommen. Peter gehörte aber zu den Menschen, die mit der Diagnose »psychosomatisches Leiden« genauso viel anzufangen wissen wie mit einer besonders filigranen, ausgeklügelten Falttechnik von Servietten. Und die nicht gern allzu viele Worte machen, wenn es darum geht, die Mysterien und Abgründe der eigenen Seele auszuleuchten. Deshalb war ihm vom ersten Tag an deutlich anzusehen gewesen, dass er sich in dieser Klinik fehl am Platz fühlte. Und was seine Mitpatienten betraf, so schien es, als hätte er schnell für sich den Entschluss gefasst: *Freunde, bevor ich mich mit euch auseinandersetze und in eure psychischen Strudel hineingerate, da schaue ich lieber fern.* Und das tat er. Konsequent. An jedem einzelnen Abend. Einerlei, was um ihn herum geschah, ob gebastelt, gestrickt oder diskutiert wurde. Er schob sich in dem schmucklosen Aufenthaltsraum zwei Stühle zusammen, sodass er sein schmerzendes Bein ausstrecken konnte, breitete eine Decke über sich und betätigte die Fernbedienung. Er hatte keinen leichten Stand. Ein paar Patientinnen hatten sich auf ihn eingeschossen. Da er, wie sie fanden, den kalten, finsteren Blick eines Sexualverbrechers hatte und seine Fingernägel zu lang waren. Soviel Robert wusste, äußerte sich Peter aber nie dazu. Er saß es aus. Im wahrsten Sinne des Wortes. Robert selbst konnte Peter auch nicht besonders leiden. Aber manchmal hatte er sich dabei ertappt, wie er über dessen unbeirrte Art schmunzeln musste. Und er tat ihm auch ein bisschen leid, wie er dort saß, der Mann von der Post. Abend für Abend. Im flackernden Licht des Bildschirms. Mit seinen Schmerzen, die kein Arzt lindern konnte. Gestrandet an einem Ort, an dem er, wie er selbst fand, nichts verloren hatte.

Robert hatte, wie so ziemlich jeder andere Mensch, auch schon so manches über McFinnley gelesen und gehört, und Jahr für Jahr aufs Neue war das Fernsehprogramm voller Sendungen über ihn und zum Thema Winterschlaf. Aber dieses Jahr hatte sich Robert zum ersten Mal in seinem Leben wirklich dafür interessiert. Er wusste selbst nicht genau, weshalb. Scheinbar war die Zeit reif dafür gewesen. Die Sendung, die er sich zusammen mit Peter angesehen hatte, hatte ihm gut gefallen. McFinnleys ganzer Werdegang war nachgezeichnet worden. Mitglieder seiner Familie waren zu Wort gekommen. Seine Frau, die anfangs immer versucht hatte, ihn von dem Gedanken abzubringen: *Arthur, Siebenschläfer sind keine Menschen!* Altes Filmmaterial war gezeigt worden, von einem seiner frühen Vorträge auf einem Kongress in London, wo er als junger Mann mit Kurzhaarschnitt in einem lässigen, grauen Anzug am Rednerpult stand und mit nüchterner Konzentration und klarer Sprache die positiven Auswirkungen des Winterschlafs auf die Gesundheit des Menschen prognostizierte. Und auf den gesamten Planeten.

Er hatte alle Vorteile aufgeführt. Den geringeren Energie- und Rohstoffverbrauch. Die geringere Umweltbelastung. Die Möglichkeit der Natur, sich zu regenerieren. Die Abschwächung der Probleme, die durch Überbevölkerung entstehen. Da man während des Winterschlafs zwar sterben, aber nicht vögeln kann. Eindrucksvoll hatte er damals anhand von Zahlen und Fakten belegt, was für einen großen Effekt das hätte, wenn die Menschen auch nur einen Monat im Jahr schliefen.

Effekt, dachte Robert. Effekte des Lebens. Welchen Effekt es wohl für ihn hatte, dass er diesen Winter nicht schlief? Einen verderblichen? Einen segensreichen? Effekte des Lebens. Kausalität, dachte er. Eines bedingt das andere. Energie, die sich niemals verflüchtigt. Die Stadien durchläuft, durchdringt, zurücklässt. Sich erneuert. Ist die Kraft, die uns Zustände überwinden lässt, dachte er, die uns von einem Stadium ins nächste stößt, Ausdruck einer allem Lebendigen innewohnenden, sich immer wieder aufs Neue Raum schaffenden Freiheit? Oder ist dieser ständige Wandel nicht Ausdruck einer unsäglichen Einsamkeit? Ausdruck dessen, dass das Leben immer gleichzusetzen ist mit Heimatlosigkeit?

»Habt ihr als Kinder eigentlich gern Winterschlaf gehalten?«, fragte Robert seine beiden Reisegefährten. Wieder nahm er einen kleinen Schluck Fresubin. Und verzog kaum merklich das Gesicht.

Annina antwortete zuerst und sah sich, während sie redete und das Lenkrad des Wagens mit ihren schmalen Händen umfasst hielt, immer wieder kurz zu ihm um. »Von mir kann ich das nicht behaupten. Ich weiß noch, dass ich sogar richtige Angst davor hatte. Wir haben damals in einem Reihenhaus in einem kleinen Ort bei Pforzheim gewohnt. Meine drei Geschwister und ich, wir haben alle in einem Zimmer geschlafen. Eine Art Bettenlager war das. Ich weiß noch, dass ich immer als Letzte eingeschlafen bin. Und wie fürchterlich es war, zwischen den anderen zu liegen, und dass sie so still waren. Dass man nicht mal ihren Atem hörte. Ich dachte immer, wenn ich einschlafe, dann wache ich nie wieder auf.«

»Und wie war das bei dir?«, fragte Robert, an Kudowski gewandt.

Kudowski hatte inzwischen seine schwarze Mütze ausgezogen und drehte sie in seinen Händen hin und her. Ab und zu legte er sie auch auf die Knie und vollführte eine seiner typischen Handbewegungen. Er strich sich mit beiden Händen über die mit Stoppeln übersäte Glatze, als müsste er längeres Haar zurückzustreichen, das ihm in die Stirn gefallen war.

»Ach, das war schon in Ordnung«, sagte er. »Ein bisschen stressig eben. In unserer Berliner Wohnung ist es vor allem vorher immer drunter und drüber gegangen. Einmal, daran kann ich mich aber erinnern, war meine Cousine da. Ulrike.

Sie war vielleicht fünfzehn und so eine hübsche Blonde, mit einem Meer von goldenen Locken. Und meine Mutter hat ja alles und jeden, vor allem die Mädchen, immer so schikaniert. Hat ihnen gesagt: Mach dies, mach jenes. Und dann sollte meine Cousine uns Kleinen dabei helfen, vor dem Winterschlaf das Ding mit der Urinflasche und so sachgemäß zu platzieren. Also kam die Ulli, wie sie genannt wurde, in einem karierten Wollkleid in unser Zimmer getrippelt, mit ihren heißen Kurven und diesen Locken wie wertvolle Goldspiralen, die an ihren Wangen herunterhingen, und ich war ja noch klein, sieben oder so, aber ich hatte einen Ständer, so etwas könnt ihr euch überhaupt nicht vorstellen. Da war nichts mehr zu machen. Und ich werde nie vergessen, wie sie neben dem Bett gesessen und gelächelt hat und gemeint hat: Ist doch nicht so schlimm. Da kriege ich jetzt noch einen Steifen.«

»Vielleicht hilft Eis«, sagte Annina. »Davon gibt es reichlich da draußen.«

»Ach, weißt du«, lächelte er, »das Eis draußen ist gar nicht vonnöten. Deine Kälte ist ausreichend.«

»Ich bin also nicht nur gnadenlos, sondern auch kalt, ja? Hast du nicht noch ein paar mehr nette Attribute für mich?«

»Mir fallen da sicher noch ein paar ein«, sagte er. »Aber bleiben wir erst mal bei der Kälte. Eine Eisprinzessin bist du. Es ist ein kleines Wunder, dass sich Ritchie Blackmore unter deiner Führung nicht verkühlt und einen Schnupfen holt.«

»Und wie kommst du darauf?«

»Ich sage nur: Alte Büchse, Göttingen.«

Annina verdrehte die Augen. »Nicht schon wieder dieses Thema!«

»Ich komme einfach nicht so schnell über den Abend hinweg«, sagte Kudowski, »an dem wir rausdurften aus der Klinik, zur behutsamen Entwöhnung gewissermaßen, und du uns in diesen Club mitgenommen hast. Ich habe selten eine Frau erlebt, die die Männer so rigoros abblitzen lässt.«

»Das hast du mir schon mal erzählt«, meinte sie. »So ein bis zwei Mal.«

»Ich erzähle es dir gern wieder. Dieser junge Kerl aus Stuttgart, der war doch richtig nett. Mal abgesehen von seinem Dialekt. Würde ich auf Kerle stehen, dann wäre der sogar was für mich gewesen. Und man hat gesehen, wie er sich von einer Woge des Glücks hinaufgehoben fühlte, als er dich erblickt hat. Und dann ist er sofort an deinen Klippen zerschellt.«

»Was beschwerst du dich?«, fragte sie. »Immerhin habe ich mich von zwei wildfremden Typen breitschlagen lassen, auf den Winterschlaf zu verzichten und stattdessen diese Fahrt zu machen. Noch dazu von zwei Typen aus der Klapsmühle.

Die scheinbar nichts Besseres zu tun hatten, als jeden Tag an der Autobahnraststätte Rösendorf-Mengersgrund herumzuhängen und mich von der Arbeit abzuhalten.«

»Mach mal halblang«, erwiderte Kudowski, »von Breitschlagen-Lassen kann keine Rede sein. Du selbst wolltest doch auf keinen Fall winterschlafen. Ich hingegen hätte das Schläfchen, glaube ich, echt nötig gehabt. Aber ich hätte unseren dünnen Kollegen da hinten doch niemals mit dir allein ziehen lassen können. Das ist eindeutig zu viel Glück für einen allein. Der arme Kerl hätte gar nicht gewusst, was er damit machen soll.«

»Apropos Raststätte«, fragte Robert, an Annina gewandt. »Hat die, an der du arbeitest, eigentlich den Winter über geöffnet?«

»Ja«, sagte sie. »Aber ich weiß nicht, wie das mit den anderen ist. Kudowski, hol mal dein iPhone. Hast du jetzt die Winter-App geladen?«

»Noch nicht. Das wird aber sofort nachgeholt.«

»Das wolltest du doch schon vor zwei Wochen machen.«

»Schön, dass du weißt, was ich vor zwei Wochen machen wollte. Vielleicht weißt du ja auch, was ich in den nächsten zwei Sekunden machen will.«

»Was denn?«

»Deinen Mund zukleben!«

»Mit was, bitte schön? Deinem Haargel?«

»Ich lach mich tot.«

Kudowski zog aus seiner Jackentasche das besagte iPhone hervor, das in einer schwarzen Samthülle steckte. Er entfernte die Hülle und strich mit flinken Bewegungen seiner Finger über den Touchscreen.

»Moment«, sagte er. »Dauert einen Augenblick.«

Robert schob die Flasche Fresubin, die er ungefähr zur Hälfte ausgetrunken hatte, zwischen seine Knie. Und dann ließ er den Kopf gegen das Faltverdeck sinken. Blickte auf die kältestarren Felder, die an ihnen vorüberzogen. Glitzernder, weißer Staub wirbelte über sie hin. Manchmal sah er Krähen, die mit ungelenken Schritten im Schnee herumstaksten. Oder im Flug über den weiten, weißen Teppich glitten. Bildete sich ein, sie durch die Luft krakeelen zu hören. Sah Waldflächen abwechselnd in Schatten gehüllt und von Helligkeit erfasst. Schnee, der von den Zweigen hoher Tannen fiel. Kleine Häuser, hingeduckt in das allumfassende Weiß. Er dachte über die Farbe Weiß nach. Die große Projektionsfläche. Joseph Brodsky hatte geschrieben, Glück, so nehme er an, das sei der Augenblick, wenn man die Elemente der eigenen Zusammensetzung im freien Raum gewahrt. Robert dachte, dass es sich mit dem Glück durchaus so verhielt. Aber seiner Ansicht nach eben auch mit der Furcht. In ein Selbstbildnis zu schauen, wo immer es für einen aufscheinen mochte, hat etwas Angsteinflößendes, dachte er.

Er spürte, wie der Wind an der Plane zerrte. Und wie winterliche Sonne aus weiter Ferne ihre Strahlen aussandte zu ihm hin. Ein kleines bisschen Wärme sickerte in sein Herz. Dann dachte er an den Sommer, der schlief, wie die Menschen in ihren Betten schliefen. Über den Feldern schlief er, im kalten, wandernden Wind, hoch in den Bäumen, die wie mit frierenden Armen dastanden. Man gibt ihn auf, dachte Robert. Man vergisst ihn. Ganz und gar. Jedes Mal aufs Neue. Man vergisst, dass er da ist.

Robert schloss die Augen, und während die Plane weiter heftig in den Luftstößen flatterte, stellte er sich vor, er wäre ein Schiffbrüchiger, der an einen Strand gespült worden war, und die Ausläufer der Brandung klatschten ihm ins Gesicht. Dann waren da Bilder von Waldram, dem kleinen Ort an der Isar, wo Robert aufgewachsen war. Er sah die Brennnesselwälder, die modrigen Altwasser, die stillgelegte Kläranlage mit den tiefen Becken voller Scheiße und dem Schild LEBENSGEFAHR. Sah die Schlangen, die giftigen Kreuzottern, wie sie ihre schuppigen Körper durch das Unterholz schoben, und er sah den schwarzäugigen Tomislav, Anführer einer Jugendgang, genannt der schwarze Peter, vor dem sich Robert sehr gefürchtet hatte. Der schwarze Peter, mit seinem knochigen Körper und dem starken Kiefer, der keinerlei Mühe damit zu haben schien, dornenüberzogene Tage zu zermalmen ... Menschen schreiten über Grenzen, folgen einem mühelos in die eigene Phantasie. Um dort vielleicht ihr eigentliches, ihr wahres Lebenswerk zu verrichten. Zuweilen kam es ihm selbst jedenfalls so vor. Der schwarze Peter mit seinem Unterhemd und dem Klappmesser, das an seinem braunen Gürtel befestigt war, war so einer. In Roberts Phantasie spielte er jeden Tag irgendeine Rolle.

»Fertig«, sagte Kudowski. »Die nächste geöffnete Tankstelle ist bei Nürnberg, das sind 291 Kilometer.«

»Es muss eine andere Lösung geben«, meinte Annina.

»Was heißt da, eine andere Lösung? Es gibt keine. Das Land liegt im Schlummer.«

»Dieser Wagen hier hat es nicht so mit weiten Strecken. Der hat einen Vierzig-Liter-Tank. Ich würde schätzen, er macht höchstens noch 250 Kilometer. Dann wird's brenzlig.«

»Na super, das sagst du uns jetzt? Was sollen wir nun machen?«

»Ist mir egal.«

»So? Warum?«

»Weil ich zwei helle Köpfe an Bord habe. Die lassen sich schon was einfallen.«

»Ich probier's mal mit Zureden«, sagte Kudowski. Er langte mit der rechten Hand nach vorn und streichelte das Armaturenbrett.

»Durchhalten, Ritch. Du schaffst das schon.«

Roberts Gedanken streiften unterdessen wieder zu Sleepy McFinnley. Auf die gescheiterten ersten Versuche bei der Entwicklung der Tabletten war der Fernsehbericht eingegangen. Auf den anfänglichen Plan, nur eine einzige Tablette zu verwenden. Dass sich der Erfolg aber erst mit den dreien einstellte, die man jeweils im Abstand von zwei Wochen zu sich nahm, um den Organismus langsam auf den Schlaf einzustimmen und die notwendigen inneren Prozesse in Gang zu bringen, ebendiesen drei Tabletten, auf die Annina, Kudowski und er diesen Winter feierlich verzichtet hatten. In einem seiner letzten Interviews, das ein paar Jahre zurücklag, hatte sich McFinnley darüber geäußert, wie das Schlafverhalten in den verschiedenen Nationen war. Dass sich herausgestellt hatte, dass Kanadier und Deutsche laut Statistik besonders gern schliefen, wohingegen zum Beispiel in manchen südamerikanischen Ländern und in einigen Staaten der USA nach wie vor nie Winterschlaf gehalten wurde.

Robert trank wieder ein paar Schlucke Fresubin. Je länger er brauchte, um die Flasche auszutrinken, desto unangenehmer wurde der Geschmack.

Er wandte den Kopf und blickte auf die zurückeilende Straße. Noch immer war weit und breit kein anderer Wagen zu sehen. Der Suzuki schwankte, sprang etwas, rollte vorwärts.

»Gelten zu dieser Zeit eigentlich die üblichen Verkehrsregeln?«, hörte Robert Annina in diesem Augenblick fragen.

»Keine Ahnung«, entgegnete Kudowski.

»Du sagst doch, du bist ein Bulle. So etwas musst du doch wissen.«

»Auch Polizisten schlafen für gewöhnlich im Winter.«

»Wenn du Polizist bist, bin ich die Zwiebelkönigin von Weimar.«

»Du glaubst mir nicht?«

»Nein.«

»Warum nicht?«

»Keine Ahnung. Ich glaube dir einfach nicht.«

Und nach einer kleinen Pause sagte sie noch: »Keinem von uns hier in diesem Wagen glaub ich seine Geschichte. Nicht mal mir.«

Kaum hatte sie diese Worte gesagt, trat sie plötzlich auf die Bremse. Mit einem Ruck kam der Suzuki mitten auf der Autobahn zum Stehen. Sie schaltete den Motor ab und zog den Schlüssel aus dem Zündschloss.

»Lasst uns kurz die Beine vertreten, Jungs«, sagte sie.

»Warum?«

»Zum Spaß. Ist doch keine Sau hier.«

Kurz darauf waren die drei aus dem Geländewagen gestiegen. Und wanderten über die leere Fahrbahn, die wie Silber im Sonnenschein glänzte. Der Suzuki blieb mit geöffneten Türen zurück. Die Luft war schneidend kalt. Der Atem verflog wolkig vor ihren Mündern. Kudowski stieß ab und an während des Gehens eine Stiefelspitze in den gefrorenen Boden. Annina klaubte mit beiden Händen am Rand der Fahrbahn ein wenig Schnee zusammen, formte daraus einen Schneeball. Sie warf ihn nach Kudowski und verfehlte ihn knapp. Daraufhin klaubte dieser auch Schnee vom Boden auf und rannte hinter der jungen Frau im hellbraunen Kamelhaarmantel her, die vor ihm davonlief.

Eine Minute später standen sie auf einer kleinen Anhöhe. Zu ihrer Linken befand sich ein Schneefeld, und mitten darin lag die spiegelnde Fläche eines kleinen Weihers mit hohen Halmen, die aus dem Eis ragten. Zur Rechten standen Bäume in dichter Reihung, die schwer an der Winterlast trugen.

Sie blickten auf die Fahrbahn, die, von ihren Füßen ausgehend, abfallend und aufsteigend und sich weich schlängelnd dem Horizont entgegeneilte. Nicht weit entfernt sahen sie den schwarzen Fleck, der Ritchie Blackmore war. Plötzlich kam es Robert so vor, als strichen weiche, schneeige Finger über sein Herz – ihn überkam eine große Freude. Und er empfand den anderen beiden gegenüber Dankbarkeit. Dafür, dass sie gemeinsam diese Reise angetreten hatten. Er hätte Annina in diesem Moment gern für einen Moment lang in einer Geste der Dankbarkeit sacht die Hand auf die Schulter gelegt. Und dasselbe sogar bei Kudowski getan. Dessen enorme körperliche Präsenz sonst immer einschüchternd auf ihn gewirkt hatte. Der extra vorzeitig die Klinik verlassen hatte. Der einen langen Brief an die Klinikleitung verfasst hatte, in dem er versicherte, die Risiken zu kennen und selbst zu tragen. Und das, obwohl Schreiben überhaupt nicht seine Sache war. Aber Robert hielt sich zurück, traute sich nicht, einen der beiden zu berühren. Annina, die jetzt eine hornfarbene Sonnenbrille trug, sagte: »Ich kenne ein Haiku. Das geht so: Wenn ich denke, dass es *mein* Schnee ist auf dem Hut, wird er mir leicht.«

Sie gab Kudowski ein Handzeichen, und die beiden stürzten, so schnell sie über den gefrorenen Asphalt laufen konnten, zum Suzuki zurück. Robert rief: »Hey, was soll das?«

Als er den Wagen erreichte, nahm dieser bereits Fahrt auf. Er blieb stehen und sah ihn davonbrausen. Ein kleiner, schwarzer Komet. In einer magnolienweißen Weite. Mit einem Ersatzreifen auf dem Buckel. Hinter ihm wirbelte ein Schweif aus Schneestaub. In einiger Entfernung blieb der Suzuki stehen. Wendete in einem nicht allzu eleganten Bogen und kam zu ihm zurückgefahren.

Kudowski kurbelte das Fenster herunter.

»Wo will denn dieses abgemagerte Gämschen hin?«

»Ins Winter Wonderland«, lächelte Robert.

»Steig ein, das ist genau unser Weg.«

Momente der Geborgenheit

Robert

Ich erlebe einen Moment der Geborgenheit zum Beispiel immer dann, wenn ich mich am Meer oder an einem anderen Gewässer befinde. Und die Sonne sorgt dafür, dass kleine Lichtkristalle auf dem Wasser sichtbar werden. Ich weiß nicht, wie ich's erklären soll. Ich stelle mir immer vor, dass sie für jeden anders leuchten. Dass ihre Form, ihre Anordnung, ihre Choreographie dem Auge des Betrachters angepasst sind. Dass das Leuchten, das ich in dem jeweiligen Moment auf der Wasseroberfläche wahrnehme, mir auf eine Weise ganz persönlich zugedacht ist. Und das ist ein gutes Gefühl. Und ich denke, dass das Glück so ist wie diese Lichtkristalle. Flüchtig, tänzelnd, strahlend, nicht mit den stärksten Händen zu fassen. Als ich ein Kind war, habe ich gedacht: Wenn ich einmal Angler werde, dann angle ich keine Fische, sondern die hellen Funken auf dem Wasser. Und ist es nicht auch das, was wir Menschen jeden Tag tun? Dass wir früh am Morgen hinuntergehen zum Wasser und unsere kleine Angel nach Lichtreflexionen auswerfen?

Annina

Ich bin, wenn man so will, ein Bergbau-Kind. Mein Großvater hat, nachdem er 1960 aus der Türkei nach Deutschland gekommen war, in Hessen im Bergbau gearbeitet. Fluss- und Schwerspatarbeiten. Mein Onkel auch. Und mein Vater hat manchmal ausgeholfen. Wir haben nicht weit entfernt vom Bergwerk gewohnt. In einem Reihenhaus. Und mein Onkel hat uns Kinder manchmal mitgenommen. Ich erinnere mich, wie wir probiert haben, in diese schweren Bergarbeiterstiefel zu schlüpfen, die ungefähr zehn Kilo gewogen haben. Mit Stahlkappen vorn. Ich konnte keinen Schritt damit machen. Also haben wir ganz normale Gummistiefel angezogen. Und wir haben kleine Blaumänner bekommen und sind mit dem Jeep in den dunklen Tunnel und dann immer tiefer hinuntergefahren. Wenn wir mitfahren durften, das war dann immer eine sogenannte Sicherheitsfahrt. Mein Onkel hatte die Aufgabe, zu kontrollieren, ob alles da unten so weit in Ordnung war. Ich erinnere mich an die Gürtel, die die Arbeiter um die Hüfte trugen. Mit den viereckigen Akkus. Für die Lampen am Helm. Und daran, dass die Abteilungsleiter helle Farben anhatten. Wohingegen alle anderen in Blau gekleidet waren. Je tiefer es hinunterging, desto kälter wurde es. Es hat nach Erde und Schlamm und Maschinen gerochen. Ich habe es immer geliebt, mit meinem Onkel mitzufahren. Aber am schönsten fand ich es in dem großen Umkleideraum, wo die Monturen, Helme und Stiefel an Ketten von der Decke baumelten. Das war ein eindrucksvolles Bild, ein Bild, das ich sofort im Kopf habe, wenn ich an meine Kindheit denke. Einmal im Monat hat mein Vater die Umkleideräume sauber gemacht. Und ich habe ihm dabei geholfen. Und das waren für mich immer Momente der Geborgenheit. Woran das lag? An meinem Vater. An der Tatsache, dass ich mit ihm allein sein konnte.

Denn meine Geschwister sind fast nie mitgekommen. An seinen ruhigen, gleichmäßigen Bewegungen, mit denen er den Boden wischte, die Bänke sauber rieb. An den Blaumännern, die über einem schwebten. An dem Geruch nach Schweiß. Erde. Holz. Kernseife. Nach harter, unerbittlicher Arbeit. Arbeit mit den eigenen Händen. Ich weiß noch, dass ich richtig stolz war, Teil dieser Arbeitswelt sein zu dürfen. Wenn auch nur im Kleinen. Und oft, wenn es im Leben finster um mich wurde, habe ich versucht, mir diese Situation ins Gedächtnis zurückzurufen: wie mein Vater und ich zusammen die Umkleideräume der Bergleute sauber gemacht haben.

Kudowski

Momente der Geborgenheit? Da muss ich an meine Großmutter denken. Die vor kurzem gestorben ist. An unser gemeinsames Auf-der-Couch-Liegen. Es war meine Großmutter mütterlicherseits. Die einzige, die ich gehabt habe. Sie hat auch in Berlin-Spandau gewohnt. Nur ein paar Straßen von unserer Wohnung entfernt. Oft, wenn mein Vater vom Bau nach Hause kam und herumgebrüllt hat, bin ich, sofern es möglich war, schnell zu ihr rübergelaufen. Sie hat nie viel geredet, und ich stand in dieser engen, altmodisch eingerichteten Wohnung, in der es nach Kartoffelbrei, Kohl, Königsberger Klopsen und nach Filterkaffee gerochen hat, und ich wusste auch nicht, was ich ihr sagen sollte. Manchmal, wenn meine Mutter nachmittags gearbeitet hat, habe ich bei meiner Großmutter gegessen. Und dann haben wir zusammen Mittagsschlaf gehalten. Das heißt, sie hat welchen gehalten. Ich lag nur so rum. Aber das war für mich ein wundervoller Moment. Sie hatte zwei braune Stoffsofas, ein langes und ein kurzes. Sie lag auf dem langen und ich auf dem kurzen. Das aber so kurz war, dass meine Füße immer weit über die Armlehne hinausragten. Und meine Großmutter schnarchte. Ganz leise. Die dünnen Häkelgardinen haben sich bewegt, wenn das Fenster gekippt war. Ich hielt oft dieses schöne, kleine Kästchen in den Händen, mit einem feuerroten Pferd darauf, das ich einmal auf einem Beistelltisch entdeckt hatte.

ZWEITES HEFT

Komm, es ist keine Zeit

»Können Sie uns vielleicht sagen, wo die nächste geöffnete Tankstelle ist?«

Die Frau, die in dieser Wirtsstube Barkeeperin und Kellnerin zugleich zu sein schien, klemmte sich das Tablett, auf dem sie die Getränke gebracht hatte, unter den rechten Arm.

»Kinder«, sagte sie mit einem freundlichen Lächeln, »wenn ich euch so ansehe, da bin ich mir sicher, ihr drei werdet schon eine finden.«

Sie blieb in der Nähe des groben Holztisches stehen, an dem die drei saßen, und ihre Augen blickten wohlwollend und spöttisch zugleich. Robert fragte sich, wie alt diese Frau wohl sein mochte. Über fünfzig, schätzte er. Sie war sehr dünn. Hatte eine enge Jeans an, einen Pullover und darüber eine ärmellose Daunenweste. Ihr langes, gewelltes Haar hatte die Farbe eines Krähenflügels. Ihre Hände waren schmal, lang und sehnig: Zwei Fingerspitzen waren gelblich verfärbt. Robert fand, dass trotz ihres spindeldürren Körpers etwas sehr Robustes von ihr ausging, etwas, das bezeugte, dass sie sich von einem vielgestaltig auf der Lauer liegenden Winter nicht einschüchtern ließ. Und sie wirkte wie eine Frau, die in manche schwarze Nacht hinausgetreten war, um ein Feuer zu entzünden. Robert sah die kleinen, glutroten Funken vor sich, wie sie hinauf zu den Sternen stoben.

»Wohin seid ihr denn unterwegs?«, fragte sie schließlich.

»München«, sagte Kudowski und tauchte die Lippen in den weichen Schaum seines Bieres.

»Jetzt? Während des Winterschlafs? Da habe ich ja drei wirkliche Abenteurer vor mir.«

Mit ihren langen Beinen kehrte sie hinter die Bar zurück. Die Dielen knarrten unter ihren Schritten.

Um sich darin zu verlaufen, war die Wirtsstube zu klein. Sie bestand aus einem einzigen Raum, höchstens vierzig Quadratmeter groß. Alles darin war aus hellem Holz. Auch die Bar. Die Decke war niedrig. An den Wänden befanden sich keine Bilder. Die Wirtsstube erinnerte ihn an eine Berghütte. Und kaum hatte er an dem Tisch vor dem Kachelofen Platz genommen, kam auch schon die Behaglichkeit einer solchen Berghütte über ihn.

Er hatte das körperliche Empfinden, eben noch mit leise zischenden Skiern über Schnee geglitten zu sein, eine Waldschneise hinab. Das stille Vorübereilen der Baumstämme wahrgenommen zu haben. Und er glaubte, langsam verebbend, die Bewegung aus den Hüften zu spüren, die sich auf die Bretter übertragen hatte.

Robert genoss die Wärme des Ofens. Und verschränkte die Finger im Schoß, in denen von der Kälte noch ein leichtes Pochen war. Außer den dreien waren zwei andere Gäste zugegen. Zwei blasse Männer um die vierzig. Die in einer Ecke in bläulichem Zigarettendunst saßen und in ein Spiel vertieft waren, das Robert nicht kannte. Mit mehreren Würfeln und viereckigen Spielsteinen, die wie Dominosteine aussahen. Immer wieder ertönte das Geräusch, das die Würfel im Würfelbecher machten, und darauf folgte das Klackern, mit dem sie auf den Tisch fielen. Der eine der Männer hatte einen

Trainingsanzug an, und neben dem Stuhl, auf dem der andere saß, war ein silberfarbener Infusionsständer auf Rollen platziert, mit einem Beutel daran und einem durchsichtigen Schlauch, der zur rechten Hand des Mannes führte. Die beiden Männer sagten »Melanie« zu der Kellnerin.

»Hey, Melanie, hast du das von dem Blöckner drüben in der Seizstraße gehört?« – »Melanie, bringst du mir noch so einen, ja?«

Manchmal, wenn sie zu dem Tisch der beiden kam, legte sie kurz eine Hand auf den Rücken des Mannes, der am Tropf hing. Robert fragte sich, ob der wohl ihr Ehemann war. Und er fragte sich, ob ihr diese Wirtsstube wohl gehörte. Ob sie jeden Winter in diesem kleinen Kaff die Stellung hielt. Während sich der Januar träge vorwärtswälzte und kaum merklich zum Februar wurde. Und alles unter den schneebeschwerten Dächern des Ortes schlief. Ob sich jemand mit ihr abwechselte. Ob der Mann, der jetzt eine Infusion bekam und mit den dicken, traurigen Fingern seiner linken Hand die schmale, braune Zigarette zum Mund führte, sonst auch da war. Robert hatte schon häufiger von diesen kleinen Lokalen in den Provinznestern gehört, die den Winter über geöffnet blieben. Dieses hier war in der Winter-App von Kudowskis iPhone aufgelistet gewesen. Allerdings waren sie zuerst in einen anderen kleinen Ort gefahren, wo sich angeblich auch ein den Winter über geöffnetes Gasthaus hätte befinden sollen. Das aber dann geschlossen war. Das hatte sie Sprit gekostet.

Sie waren durch viele kleine Ortschaften gekommen. Jede Gemeinde ging unterschiedlich mit dem Winterschlaf um. Es gab Dörfer, die herausgeputzt und einladend in der Landschaft standen, und erst beim genauen Hinsehen merkte man, dass alle Geschäfte geschlossen, alle Fenster dicht waren. Und die einzigen Menschen auf den Straßen waren die

Angestellten eines Sicherheitsdienstes. Andere Dörfer hingegen wirkten verrammelt. Türen und Fenster mit Brettern vernagelt. Die Wege nicht geräumt. Die Straßenlaternen ausgeschaltet. Wie winterliche Geisterstädte. Dort schaltete Annina den Allradantrieb zu, und der kleine Suzuki ackerte sich unbeirrt durch den Schnee.

Annina zog den Teebeutel aus dem dampfenden Glas mit grünlich und golden schimmerndem Pfefferminztee. Ließ ihn ein paar Sekunden an der feinen Schnur über dem Glas schweben, legte ihn auf der Untertasse ab. Sie sah ein wenig abgekämpft aus, aber trotzdem noch immer sehr hübsch, fand Robert. Mit ihrem offenen und zugleich stolzen Gesicht, das unauffällig geschminkt war. Den dunklen Augen, in denen man sich nicht traute, Unterschlupf zu suchen, obwohl sie einem ebendiesen Wunsch eingaben. Den Brauen, die sie keck einzusetzen wusste. Dem schön geformten Mund.

Sie hob die Tasse, betrachtete sie und trank. Draußen hatte sich der Himmel wieder zugezogen. Und vor dem Fenster schwebte lautlos der Schnee herab. In so dichtem Gestöber, dass man dem einzelnen Flockenfall nicht folgen konnte. Kudowski boxte Annina sachte gegen die Schulter.

»Nicht verzagen«, sagte er. »Ritch wird schon bald was zu schlucken kriegen. Und falls wir doch liegenbleiben, dann rufen wir eben den Winterdienst.«

»Über den es so viele nette, widersprüchliche Geschichten gibt«, meinte sie. »Wer weiß schon, ob der überhaupt jemals kommt.«

»Weißt du«, sagte Kudowski, »über mich gibt es auch widersprüchliche Geschichten. Und ich bin trotzdem immer gekommen. Manchmal leider sogar ein bisschen zu früh.«

»So?«, entgegnete sie. »Dann wird das nichts mehr mit uns beiden. Wenn du immer zu früh kommst.«

»Manchmal. Ich sagte: manchmal. Nicht immer.« Und

indem er mit der flachen Hand über das Holz des Tisches wischte, fügte er hinzu: »Außerdem war's sowieso Spaß.«

»Ja, ja«, sagte sie ironisch und tippte sich mehrmals mit dem kleinen Finger auf die Unterlippe. »Und was heißt, bitte schön, widersprüchliche Geschichten? Ich dachte, über dich kann es eigentlich nur eine einhellige Meinung geben.«

»Und die wäre?«

Sie lächelte ihn an.

»Dass du ein rechter Esel bist.«

Robert räusperte sich.

»Annina«, sagte er, »das ist eigentlich kein türkischer Name, oder?«

»Nein«, sagte sie, »ich heiße ja auch nicht so.«

»Und wie heißt du dann?«

»Weißt du, meine Eltern haben mir einen Namen gegeben, der auf Türkisch so viel wie Umkehrung bedeutet. Döndü. Weil sie vor mir zwei Mädchen bekommen haben. Und ich, das dritte Kind, war dann auch ein Mädchen. Und sie wollten unbedingt einen Jungen haben. Bei uns kommt das vor, dass man einem Mädchen diesen Namen gibt, damit das nächste Kind dann ein Junge wird. Und in diesem Fall hat's sogar funktioniert. Aus der Sicht meiner Eltern kann ich das verstehen. Aber ich mochte diesen Namen nie besonders gern.«

»Und wie bist du auf Annina gekommen?«

Sie zog jetzt nacheinander die beiden Ärmel ihres Pullovers über ihre Handgelenke. Hielt die Ärmel jeweils mit den Fingern fest.

»Mit siebzehn«, sagte sie, »bin ich einmal in Zürich auf einem Friedhof gewesen. Dort habe ich ein Grab gesehen. Das Grab eines Mädchens, das nur acht Jahre alt geworden ist. Und dieses Mädchen hat Annina geheißen.«

In diesem Augenblick drückte die Kellnerin hinter der Bar

auf einen Knopf an der Musikanlage, und aus den kleinen Boxen, die in manchen Winkeln der Wirtsstube platziert waren, tönte leise die gezupfte Crede-in-te-Musik, die, wie Robert gelesen hatte, immer populärer wurde. Die Ärzte empfahlen sie, weil sie sich angeblich gut auf die Seele auswirkte. Und sie rieten Menschen, die, aus welchen Gründen auch immer, keinen Winterschlaf hielten, im Besonderen dazu, sie hin und wieder laufen zu lassen.

Robert ließ sie auf sich wirken. Und tatsächlich kam es ihm, als er die Wärme des Ofens spürte und er den sanften Klängen lauschte, für Sekunden so vor, als umgäbe ihn eine Hülle aus Licht. Kudowski schien sich über die Musik oder etwas anderes zu amüsieren. Ein Lächeln umspielte seine Lippen. Und in seinen Augen, um die sich, wie häufig, kleine Falten gebildet hatten, flackerte es.

Annina lehnte sich zurück und sah aus dem Fenster. Geistesabwesend nickte sie einmal kurz mit dem Kopf. Als würde ihr in diesem Moment etwas bewusst werden. Oder als müsste sie sich etwas eingestehen. Ihre Augen schienen sich mit Traurigkeit zu füllen. Einen kleinen Augenblick nur. Dann beugte sie sich wieder nach vorn, schob ihre Tasse etwas beiseite und verschränkte die Hände über dem Tisch.

»Kennt ihr dieses Lied von ...«

»Nein«, sagte Kudowski.

»Du weißt doch noch gar nicht ...«

»Ich kenne keines deiner Lieder.«

»Es ist nicht von Deep Purple«, meinte Annina. »Es heißt *Come a little bit closer,* und Willy DeVille hat es gesungen. Darin geht es um ein kleines Tanzcafé in Mexiko, nahe der amerikanischen Grenze. Und so ein Amerikaner macht sich an ein Mädchen heran, das zu einem José gehört. Und als dieser José dann kommt, sagt er zu dem Amerikaner, der ihm sein Mädchen ausspannen wollte, auf Englisch, mit deutlich hörbarem mexikanischen Einschlag: *Man, you know, you're in trouble plenty.* Und ich glaube, das sind wir drei und der Ritch draußen jetzt gewissermaßen auch – *in trouble plenty.*«

»Das würde ich nicht unbedingt meinen«, sagte Robert und nahm einen Schluck aus seiner Colaflasche. »Höchstens in *trouble little.*«

»Also, wie geht's jetzt weiter?«

»Was mich betrifft«, meinte Kudowski, »kann ich dir genau sagen, wie's weitergeht. Ich werde hier genüsslich die Beine ausstrecken, mein Bier trinken und meine Knochen am Ofen wärmen.«

»Ich sehe schon, ein richtiger Macher-Typ bist du. Aber du brauchst nicht zu glauben, dass wir dich morgen wieder hier abholen.«

Kudowski zuckte mit den Achseln.

»Du und der Hungerkünstler«, sagte er und machte eine gönnerhafte Armbewegung, »könnt euch von mir aus gern zu zweit da draußen vergnügen. Schneemänner bauen und so.«

Robert hasste es, wenn Kudowski ihn so nannte. Seitdem er einmal in der Gruppentherapie in Waldesruh erwähnt hatte, dass er sich aufgrund seiner Schwierigkeiten beim Essen häufig wie der Hungerkünstler aus Franz Kafkas Erzählung vorkam, bedachte Kudowski ihn hin und wieder mit diesem Namen.

»Und was beschwerst du dich überhaupt?«, fuhr dieser, an Annina gewandt, fort. »Du hättest auch mal früher in Erfahrung bringen können, wie weit es bis zur nächsten Tankstelle ist. Immerhin arbeitest du ja selber bei einer.«

»Wer von uns beiden hat das iPhone?«, sagte sie. »Und hat ständig von der Winter-App geredet? Und dabei hattest du sie noch nicht mal geladen.«

»Wir werden schon noch eine Tankstelle finden. Glaubt

mir. Und wenn wir einen kleinen, dicken Tankwart aus dem Schlaf reißen müssen.«

»Super, das machst *du* dann. Dafür bist du genau der Richtige.«

Robert räusperte sich.

»Mir ist nur wichtig, möglichst bald nach München zu kommen«, sagte er. »Wie, das ist mir egal.«

Daraufhin war es still. Und die Würfel drüben am anderen Tisch schienen besonders laut zu fallen. Der Mann im Trainingsanzug ließ, nach einem schlechten Wurf, ein kurzes, tiefes Knurren hören. Annina war diejenige, die nach einer Weile das Gespinst des Schweigens zerriss.

»Robert«, sagte sie, und ihr Gesicht nahm einen ernsten und weiblich-fürsorglichen Ausdruck an, »Kudowski hat mir erzählt, dass du deinem kranken Vater, wenn du bei ihm bist, was sagen möchtest. Und ich habe mich gefragt, ob du vielleicht ... ob du erzählen willst, worum es dabei geht.«

Sie hielt einen Moment inne. Dann fügte sie schnell hinzu: »Falls nicht, dann lasse ich dich in Ruhe damit.«

Robert wandte den Kopf ab und blickte auf den Holzboden, als gälte es, dort etwas zu überprüfen.

»Lass dir ruhig Zeit«, meldete sich Kudowski jetzt in der Stille. »Wenn du willst, misst sie dir noch den Puls, bevor du anfängst, über deine Gefühle zu sprechen.«

Niemand ging auf Kudowski ein.

»Es hat was mit Fußball zu tun«, sagte Robert nach einer Weile.

Annina schien zusammenzufahren.

»Mit Fußball?«, sagte sie, und in ihrem Ton lag plötzlich eine gewisse Schärfe. »Ist das dein Ernst?«

Robert nickte.

»Mit *Fußball?*«, sagte sie noch einmal. »Mag dein Vater denn ... mag er Fußball?«

»Ja«, erwiderte er. »Sehr gern sogar. Weißt du, mein Vater war Sportlehrer.«

Annina blickte ihn an. Es war ein starrer Blick.

»Und du magst es auch?«, wollte sie wissen.

»Ja ... doch«, sagte er zögerlich. »Wer mag Fußball nicht?«

»Ich«, sagte sie. »Ich mag's nicht.«

Und wieder blickte sie aus dem Fenster.

In diesem Augenblick stiegen in Robert Bilder auf. Bilder von seinem Ankunftstag in Waldesruh. Wie die zierliche Josephine, auch Patientin, mit ihren weichen, blonden Haaren und ihrem etwas zu tief hängenden rechten Augenlid ihn auf dem Klinikgelände herumgeführt hatte. Ihm einen Spazierweg gezeigt hatte, der zu einer Bank führte, von der aus man auf die Autobahn sehen konnte. Wie sie gemeinsam dort Platz genommen hatten und wie Josephine gesagt hatte: »Wenn du gar nicht mehr kannst, dann kommst du einfach hierher und schaust den Autos zu, wie sie davonbrausen, und stellst dir vor, auch davonzubrausen, irgendwohin.«

Und er erinnerte sich daran, wie sie auf einmal ihren Arm ausgestreckt und gesagt hatte: »Siehst du da drüben – das ist die Raststätte. Die ist von der Klink aus auch zu Fuß zu erreichen. Wir gehen da öfters hin. Um Kaffee zu trinken und so. Ist aber eher teuer.«

Und jetzt, während die Welt draußen ihre Augen fest geschlossen zu haben schien und er in dieser kleinen Wirtsstube saß, dachte er darüber nach, was für merkwürdige Orte im Leben eines Menschen plötzlich Bedeutung erlangen. Ein Kaff im Niemandsland, eine U-Bahn-Station, ein Spazierweg, ein Verwaltungsgebäude, ein Blumengeschäft, eine Autobahnraststätte. Und ein neues Erinnerungsbild stieg in ihm auf. Wie er Annina zum ersten Mal gesehen hatte.

Hinter ihrer Theke, in dem Tankstellenshop. Er war mit sehr vielen Chipstüten im Arm vor sie hingetreten. Denn Chips hatten viele Kalorien und waren für ihn eine Zeitlang noch verhältnismäßig einfach zu essen gewesen, bis es schließlich so weit kam, dass er gar nichts mehr mit fester Konsistenz zu sich nehmen konnte. Annina hatte die kurzärmelige Bluse angehabt, in der er sie später so häufig gesehen hatte und die die Bräune ihrer Haut auf eine schöne Weise betonte. Und mit einem amüsierten Blick auf die Chipstüten hatte sie gesagt: »Steigt hier irgendwo eine Party, von der ich noch nichts weiß?«

Merkwürdige Orte, die Bedeutung erlangen. Merkwürdige Sätze. Steigt hier irgendwo eine Party ... Seine Antwort war der Ausgangspunkt für ihre Treffen gewesen. Immer häufiger war er zu der Raststätte gestapft. Zu diesem Ort, wo nie Feste stiegen. Wo es aber einen kleinen Stehtisch direkt neben der Theke mit der Kasse gab, an dem sie dann so viel gelacht hatten. Und wo eine Stimmung aufkam, wie manchmal im Transitbereich von Flughäfen, wenn mehrere Flüge gleichzeitig storniert worden waren. Vielleicht, dachte Robert jetzt, verhält es sich im Leben so: Je statischer eine Situation ist, desto rascher wird der Gedankenstrom, desto schneller und lebhafter die innere Bewegung, jedenfalls war es manchmal so. Ganz sicher an dieser Raststätte, an dem trostlosen weißen Resopaltisch, der so etwas Intimes bekam.

Es hatte ihm einen Stich versetzt, als er an einem sonnigen Herbstmorgen auf dem mit gelben Blättern übersäten Fußweg zur Tankstelle auf Kudowski getroffen war, um festzustellen, dass sie beide dasselbe Ziel ansteuerten. Und zwar aus dem exakt gleichen Grund. Und beide nicht zum ersten Mal. Als sie gemeinsam dort ankamen, zeigte die hübsche Dunkelhaarige keine Überraschung. Sie verhielt sich, als wären sie immer schon zu dritt gewesen.

»Und wie läuft's, Kudo?«, hatte sie gefragt.
»Nicht so besonders.«
»Warum nicht?«
»Weil ich immer noch nicht deine Telefonnummer habe.«

Jetzt, da er Annina anblickte, die noch immer aus dem Fenster und dem leise heraufziehenden Abend entgegenschaute, und aus ihren Zügen wieder ganz sacht die Traurigkeit sprach, dachte er daran, dass er mittlerweile schon viel mehr über sie wusste. Ihre unstete Art, über das Zurücklassen von Stationen, die traurige Lautlosigkeit ihrer Schritte in der Leere. Einmal hatte sie zu ihm gesagt: »Es gibt Menschen, die wälzen sich ununterbrochen im Schlaf von einer Seite ihres Bettes zur anderen. Nie scheinen sie bequem liegen zu können. Ich bin so ein Mensch. Allerdings nicht nur nachts im Bett, verstehst du?«

Aber was war ihre Suche, war dieses Nicht-bequem-liegen-Können, von dem sie sprach? Diese Unruhe? Er glaubte, dass es etwas damit zu tun hatte, dass sie eine Persönlichkeit sein wollte. Nicht unbedingt das, was man gemeinhin eine große Persönlichkeit nennt, deren Wirken groß ist, eine, die allerorts Zuspruch erfährt. Aber eine Persönlichkeit. Und vielleicht glaubte sie nicht daran, dass diese Persönlichkeit ihr von Natur aus gegeben war. Sie musste sie dem Leben abringen. Sie musste tapfer sein. Sie musste immer weiter vorwärtsschreiten. Hierhin, dorthin. Eines war jedenfalls zu vermuten: Je länger es dauerte, je mehr Anstrengung es brauchte, je mehr Engagement, je mehr Fingerfertigkeit, je mehr Schritte zu tun waren, desto erschöpfter wurde sie. Und die Folge: Sie wurde unkonzentrierter, fahriger. Das Fernstudium, würde sie das je beenden? Hatte sie sich nicht längst davon verabschiedet? Das hatte sie zumindest immer wieder gesagt, am Tisch neben der Kasse, unterbrochen höchstens mal vom Klimbim des Spielautomaten daneben: »Ich kann nicht winterschlafen. Das wäre jetzt das Schlimmste für mich: aufzuwachen, und alles ist genauso wie vorher.«

»Du hast 'nen guten Frauengeschmack.« Das hatte Kudowski nach ihrem ersten gemeinsamen Besuch an der Raststätte auf dem Rückweg durch das raschelnde Laub zu Robert gesagt. »Spricht für dich.«

Jetzt kam die Kellnerin wieder zu dem Tisch, an dem die drei saßen, und sagte: »Wollt ihr noch was trinken?«

»Nein, danke«, erwiderte Kudowski. »Aber ich habe noch eine Frage. Vielleicht wissen Sie was darüber. Ist was Wahres an den Geschichten, von den Tieren, die in den verschlafenen Wintermonaten die Orte heimsuchen? Den Rehen und Füchsen und so?«

Da sah jemand in dieser kleinen Wirtsstube seine Stunde gekommen.

»Füchse?«, sagte der Mann mit der Infusionsnadel in der rechten Hand plötzlich, sich langsam zu Kudowski umwendend. Und er erzählte mit vor Aufregung bebender Stimme die Geschichte von dem Wolf, der im Jahr zuvor, an einem Dienstag im Februar, in seinem Garten aufgetaucht war. Von der dunklen Farbe seines Fells im tiefen Weiß des Nachmittags berichtete er. Von seinen Augen, die, indem er sachte den Kopf hob, zu schmalen, gelben Schlitzen geworden waren.

Als die drei hinaus ins Freie traten, war der Tag bereits verdämmert. Es war stockdunkel. Keine Laterne schien. Sie hatten nur wenige Schritte bis zum Auto zu gehen. Aber sie mussten achtgeben, da der Gehsteig mit seinen kleinen Pflastersteinen sehr glatt war. Während Robert behutsam in der Nachtschwärze einen Fuß vor den anderen setzte und in ein paar langsamen Atemzügen die kalte Luft in seine Lungen sog, meldete sich in seinem Kopf eine aufgeregte Kinderstimme. Es war die Stimme seiner Stiefschwester Helena. Sie hatte das Wort Schlitten nicht aussprechen können.

Sie hatte stattdessen immer gesagt: Robert, lass uns Schnittel fahren.

Die Herberge, wo sie übernachten wollten, war nicht leicht zu finden.

»Deine Winter-App ist ein schöner Scheiß«, sagte Annina, als zum dritten Mal im Scheinwerferlicht des Suzuki ein Ortsschild auftauchte, dessen Name in der Karte nicht verzeichnet war. Endlich gelangten sie an ihr Ziel. Die Herberge lag oberhalb eines vollkommen dunklen Ortes am Waldrand. Im Sommer sicher eine schöne Ausflugswirtschaft, dachte Robert. Jetzt bildeten ihre Lichter einen kleinen Sternenhaufen in der schwarzen Landschaft. Und die Straße, die sich in sanften Kurven den Hügel hinaufschlängelte, war geräumt.

Er stand allein auf der mit einem Geländer versehenen Veranda, die rings um die Herberge lief, und schaute in den Garten hinaus, von dem er beinahe nichts erkennen konnte. Nur einen nicht eben großen Bereich, der vom schwefelgelben Schein einer einzigen Laterne erhellt war, in den die Flocken herabsanken. Dort, wo die Laterne war, ließ sich unter dem Schnee der kleine Abschnitt eines schmalen Weges erahnen, der auf das Haus zuführte. Hinter sich spürte er das Licht, das von drinnen, wo die Leute beisammen in der Wärme saßen, hinaussickerte in die Winternacht.

Er dachte kurz über erleuchtete Fenster nach, die man von draußen betrachtete. Und wie sie einem manchmal Einsamkeit einflüsterten und das Gefühl, ausgeschlossen zu sein, fern eines Glücks. Und wie einem in anderen Momenten ein solches Fenster wie der strahlende Beweis vorkam, dass es immerzu möglich ist, den rechten Ort für sich zu finden. Alles hing davon ab, auf welche Weise die Augen das Licht auffingen. Um den Blick auf die Liebe gerichtet zu halten, dachte er, braucht man gute Augen. Augen, die fortziehen, von Fenster zu Fenster, vom eigenen Ich zum anderen, aber dann immer wieder heimkehren, einen Weg zurück finden.

Und mit einem Mal sah er das vom Schein einer Kerze umspielte Gesicht seines Arbeitskollegen Michael vor sich. In einem in Rot und Schwarz gehaltenen Restaurant am Hamburger Hafen. Ein gewinnendes, gut genährtes Gesicht. Mit Augen voll heiteren Spotts. »Na, Robert, schmeckt's dir nicht?« Er spürte, wie etwas in seinem Mund war und wie er darauf herumkaute. Es kam ihm so vor, als würde er schon lange darauf herumkauen. Schon sehr lange. Er konnte es einfach nicht hinunterschlucken. Seine Kiefer schmerzten bereits. Sein ganzer Körper in dem braunen Cordanzug, den er sich erst wenige Tage zuvor gekauft hatte, schien von einer Kälte erfasst zu sein. Dabei war es warm in dem Restaurant gewesen. Viele Leute saßen darin. Es gab eine offene Küche, heiße Dämpfe, brennende Herdflammen. Er sah den Teller vor sich, auf dem noch zwei Satay-Spieße und ein paar Salatblätter lagen. Die kleine weiße Schale mit Reis. Die kleine weiße Schale mit Erdnusssoße. Er sah seine linke Hand, die zur Faust geballt und unbeweglich auf der Tischplatte lag. Und er spürte die Verkrampfung der Finger seiner rechten

Hand, die etwas unter dem schwarzen Tisch umschlossen hielten. Spürte ein Gewicht, etwas Weiches, wie ein gefülltes Säckchen: die Serviette, in die er so unauffällig wie möglich bereits mehrere halb zerkaute Happen hineingespuckt hatte. Das war der Anfang gewesen. Er erinnerte sich daran, dass er versucht hatte, sich auf dem Weg, den er zu Fuß durch den windigen Septemberabend nach Hause zurücklegte, keine Sorgen zu machen. Er war über eine der Hafenbrücken gegangen und dann weiter in nördlicher Richtung am Steigenberger Hotel vorbei, und an seinem Arbeitsplatz, dem Springer-Hochhaus. Zu Hause angekommen, hatte er sich ausgezogen, den Anzug über einen Bügel gehängt und sich sofort in sein Bett gelegt. Aber dann war es ihm an den folgenden Tagen bei jeder einzelnen Mahlzeit ähnlich ergangen. Er hatte Angst bekommen. Er hatte einen Arzt aufgesucht. Einen feingliedrigen Mann mit hellen Augen und einer sanften Stimme, der, wie Robert fand, einen fast überzeichneten literarischen Namen gehabt hatte: Dr. Graf von Sternwald. Dieser Arzt hatte einen Ösophagus-Breischluck bei ihm durchgeführt. Eine röntgenologische Untersuchung der Speiseröhre. Unter Verwendung eines röntgendichten, neonblauen Kontrastmittelbreis, den Robert schlucken musste. Und eine sogenannte Druckmessung, mit der die Funktion des Schließmuskels zwischen Speiseröhre und Magen überprüft und der Nahrungstransport in der Speiseröhre nachgemessen werden konnte. Hierfür war ein dünner Schlauch von etwa vier Millimeter Durchmesser durch Roberts Nase in die Speiseröhre vorgeschoben und dann langsam und schrittweise wieder zurückgezogen worden.

Bei dem anschließenden Gespräch hatte der Arzt, an seinem Schreibtisch sitzend, zu ihm gesagt: »Herr Kiefhaber, die Untersuchungen haben ergeben, dass bei Ihnen, was die Speiseröhre und das Weitere betrifft, alles so weit in Ordnung ist. Demnach ist es möglich, dass es sich bei Ihren Schwierigkeiten um psychosomatisch bedingte Schwierigkeiten handelt. Allerdings haben Sie ...«

Und nun verwendete er ein Wort, das seither in seinem Kopf umging.

»... eine *Rüschenzunge*.«

Robert war sich nicht sicher, ob er tatsächlich dieses Wort oder nur ein ähnlich klingendes gehört hatte. Und er erinnerte sich auch nicht mehr an die Ausführung des Arztes, auf was dieses Wort genau hinwies. Auf welche Fertigkeiten oder Probleme. Auf welche anatomischen Details. Die Rüschenzunge jedenfalls hatte in seinem Bewusstsein Halt gefunden.

»Das ist an und für sich überhaupt nichts Schlimmes«, hatte Dr. Graf von Sternwald gesagt. Daran wiederum konnte sich Robert erinnern. »Das haben einige Menschen. Allerdings ist es in Ihrem Fall möglich, dass, wenn es Ihnen nicht gutgeht – aus welchen Gründen auch immer, wenn Sie Kummer haben, unter Stress stehen, hohen Anforderungen ausgesetzt sind –, Ihnen diese Zunge das Essen zusätzlich erschwert.«

Rüschenzunge, dachte Robert. Vielleicht gab es ja auch ein Rüschenherz, eine Rüschenseele. Und die Menschen mit Rüschenseelen waren bestimmt ganz arme Tropfe.

Plötzlich stand Kudowski neben ihm. Er roch sein Aftershave. Davidoff Adventure. Diesen hölzernen, würzigen Duft. Den er mittlerweile so gut kannte. Er erinnerte sich daran, wie unbehaglich ihm anfangs immer zumute gewesen war, wenn er in der Klinik einen Hauch dieses Duftes in der Luft wahrgenommen hatte. Dass er ein wenig Angst verspürt hatte. Vor dem Typen mit dem kräftigen Nacken. Und den forsch blickenden Augen. Der morgens um fünf Uhr in der klirrenden Kälte seine weiten Läufe antrat und über den es hieß, dass er nie schlief und nachts immer auf den Gängen herumlungerte.

»Magst du nicht wieder reinkommen?«, sagte Kudowski. »Wir vermissen dich. Besonders die Mädels.«

»Die haben doch dich.«

»Weißt ja, wie das läuft. Sie brauchen einen zum Vögeln und einen zum Quatschen. Und warte mal ... ich glaube, ich war für eines von beidem schon fest vorgemerkt ... ich weiß nur nicht mehr genau ... doch, ich glaube, es war fürs Vögeln.«

Das Licht, das aus den Fenstern drang, warf einen schwachen, sich sacht bewegenden Schein auf seine breite Gestalt. Nur in Jeans und mit einem schwarzen T-Shirt bekleidet war er zu Robert ins Freie getreten. In der rechten Hand hielt er eine Bierflasche.

Robert suchte Kudowskis Augen im Halbdunkel.

»Wieso bist du eigentlich in Waldesruh gelandet?«, fragte er. Er dachte an die Geschichte, die Kudowski in den Therapiesitzungen immer wieder aufgetischt hatte. Von dem schlimmen Polizeieinsatz. Von Horrorbildern, die er gesehen hatte. »Wieso bist du wirklich in Waldesruh gelandet?«

Kudowski sah ihm in die Augen. Und Robert bemerkte jetzt, dass er noch immer manchmal Angst vor ihm hatte. Er hatte bislang noch nie gewagt, ihn danach zu fragen.

Kudowski ließ sich etwas Zeit mit der Antwort. Dann verzog sich sein Mund zu einem schiefen Lächeln.

»Rihanna hat angerufen, aus Los Angeles.«

»Schon wieder?«

»Ja, sie hat gesagt, sie hat es ein paar Mal auf deinem Handy probiert. Aber die Mailbox war eingeschaltet. Sie hat gesagt, dass sie wegen dir keinen Winterschlaf hält, weil sie dich sehen will. Sie hat vor, mit ihrem Privatjet rüberzufliegen. Ich habe ihr gesagt, dass du jetzt unterwegs bist und so. Aber sie hat sich nicht abwimmeln lassen. Sie wollte ganz genau wissen, wo wir jetzt sind und wo wir morgen hinfahren. Und natürlich hat sie mich ausgefragt, was das für eine Frau ist, die wir dabeihaben.«

»Man hat keine Ruhe vor ihr«, sagte Robert und dachte: Kudowski, du Feigling.

Für ein paar Augenblicke lang herrschte Schweigen auf der Veranda. Und weiter schwebten die Flocken ins Laternenlicht. Durch ihren schrägen Fall und das schimmernde Gelb, in das sie eintauchten, sahen sie wie Sägespäne aus, fand Robert. Alles sonst war Nacht. War Kälte. Tiefer Schlaf. Von drinnen dumpf-verschwommen klingende Stimmen.

»Morgen wirst du bei deinem Vater sein«, sagte Kudowski.

»Ich versprech's.«

Als hätte er genau gewusst, woran sein Nebenmann eben gedacht hatte. Das war schon häufig vorgekommen, wie sich Robert erinnerte. Dafür schien er ein geheimes Talent zu haben. Zu erspüren, was in Menschen vorging.

»Und wenn es schon zu spät ist?«

»Es nicht zu spät«, sagte Kudowski.

Robert blickte ihn an. Die Ausläufer der großen Tätowierungen auf Kudowskis Armen. Die irgendwo unter den dünnen Ärmeln oder auf seinem Rücken ihren Anfang nahmen. Robert konnte sie in diesem schwachen Licht nicht genau erkennen. Aber er wusste, dass sie da waren.

»Weißt du«, fuhr Kudowski fort, »dieser Plan, den wir gewissenhaft ausgeklügelt haben.«

»Du meinst den, loszufahren und anzukommen?«

»Ja, genau den. Der hat nicht ganz hingehauen. Und das tut mir sehr leid. Aber Ritch hat ganze Arbeit geleistet, nicht wahr? Er hat uns immerhin noch sicher in diesen Hafen hier gesteuert. Und dieser Ort ist ein guter Ort, Robert. Wir haben Glück gehabt. Morgen früh kommt der Winterdienst.

Und ehe du dich's versiehst, sind wir wieder da draußen. Und rollen durch das weiße Land. Und spätestens am Nachmittag sagst du deinem alten Herrn einen schönen Gruß von mir. Dem arbeitsunfähigen Bullen. Und sicher auch einen von unserer scharfen Chauffeurin. Oder sagt man Chauffeuse?«

»Nur zu«, meinte Robert. »Annina freut es bestimmt sehr, wenn du sie Chauffeuse nennst.«

»Komm jetzt mit rein«, sagte Kudowski. »Die hübsche Blonde da drin will später noch ein bisschen Musik machen.«

Er tat ein paar Schritte in Richtung der Glastür. Dann wandte er sich noch einmal zu Robert um. »Mach dein Bett nicht draußen in der Kälte, hörst du?«

Mit diesen Worten zog er sich ins Innere des Hauses zurück. Für einen Herzschlag lang sah Robert, wie Kudowskis Gestalt von Licht umfangen wurde. Dann entwich sie seinem Blick.

»Wie kann man sich denn ...«, fragte die junge Frau und trat vorsichtig an ihn heran, »... während ein Jahrhundertkampf ausgefochten wird, auf ein Buch konzentrieren?«

Robert blickte auf und spürte, wie ihr Lächeln über ihn glitt.

»Das ist meine Art, mich abzulenken«, sagte er. »Ich halte die Spannung nicht aus.«

»Hast wohl viel gesetzt?«

»Wie man's nimmt.«

»Deiner Mimik nach zu urteilen, muss es was Wertvolles gewesen sein.«

»Immerhin was Altes.«

»Was ist es denn?«, wollte sie wissen.

»Weiß nicht, ob ich's dir verraten soll. Ich kenn dich erst seit ein paar Minuten.«

»Vielleicht verrätst du's mir trotzdem.«

»Mal sehen.«

Sie nahm neben ihm auf einem der Sessel Platz. Schlug die Beine über die Lehne.

»Okay«, sagte sie, »was kann ich denn tun, damit du es mir verrätst?«

»Warte mal ... du musst ... du musst ganz einfach Verwendung dafür haben. Du musst sie benutzen.«

»Was? Was benutzen?«

»Die Sache. Die ich eingesetzt habe.«

»Verstehe, es ist ein Dildo.«

Er lachte. »Ein Dildo? Ein alter Dildo? Mein Gott, nein. Und überhaupt: Was sollte ich damit?«

»Was weiß ich. Ich kenne dich erst seit ein paar Minuten.«

»Nein«, sagte er. »Es ist dieses Buch. Aber um ehrlich zu sein, gehört es mir gar nicht. Ich habe es hier auf dem Kaminsims entdeckt.«

»Was ist das für ein Buch?«

»Ein Band mit Gedichten aus China. *Buch der Lieder* heißt es.«

»Darf ich mal sehen?«, fragte sie.

Er reichte ihr das Buch mit dem hellblauen Einband. Und sie begann darin zu blättern.

Der große, ebenerdig gelegene Aufenthaltsraum der Herberge wirkte sehr vertraut auf ihn. Als hätte er manchen Abend seiner Kindheit hier verbracht. Die Atmosphäre erinnerte zum einen an ein Gasthaus auf dem Land, beispielsweise in Südtirol, wo Robert früher mit seinen Eltern Urlaub gemacht hatte, und zum anderen an ein Schullandheim. Das viele Holz, das sanfte Licht, die alten grünen Lehnstühle, der schwere Teppich, die von wuchtigen Rahmen eingefassten Aquarellbilder, die über die Steine polternde Flüsse hörbar machten, Hirsche röhren ließen, Zwielicht über Wiesen und Felder ausgossen, Bauernhäusern in einsamen Tälern mit den schweren Gerüchen von Sommer, von Mist und Heu nachspürten, der altersschwache Schrank mit den Brettspielen darin (Tabu, Schach, Malefiz, Das verrückte Labyrinth), der wacklige Kickertisch, das knisternde Feuer im Kamin. Alles wirkte heimisch auf Robert. Beruhigend.

Im hinteren Bereich war eine kleine Ecke frei geräumt worden. Dort sah er einen einfachen Holzstuhl, auf dem eine dickbauchige akustische Gitarre lag. Und einen vor dem Stuhl platzierten Mikrofonständer.

In der Mitte des Aufenthaltsraums fand gerade ein Boxkampf statt. Annina kämpfte gegen einen Mann um die vierzig, mit braun gebrannter Haut und kurzen, schwarzen, sich leicht kräuselnden Haaren. Der Mann war ungemein groß, hatte einen mächtigen Brustkasten und Armmuskeln, die den Eindruck vermittelten, er könne mit Leichtigkeit einen Golf auf die rechte Schulter nehmen. Jeder der beiden hatte einen einzelnen grauen Boxhandschuh über eine Hand gestreift. Der große Mann den linken, Annina den rechten. Es war ein einseitiger Kampf. Annina boxte und boxte mit rot glühenden Wangen und halb geschlossenen Lidern auf den wuchtigen Körper ein, den sie vor sich hatte, und der Mann lächelte, hielt sie mit ein paar gekonnten Armbewegungen auf Abstand und sagte immerzu: »Nicht schlecht, nicht schlecht. Lass es raus.« Um die beiden herum bewegte sich mit schnellen Schritten Kudowski.

»Sehr hektische Phase des Kampfes jetzt«, sagte er. »Lady Eisenfaust versucht ihren Gegner zu beeindrucken, einzuschüchtern. Kann sie noch einen Jab platzieren? Kann sie noch einmal die Kontrolle über den Kampf gewinnen? Das ist jetzt die Frage.«

Der große, schwere Kämpfer hieß Jonathan. Die drei hatten ihn bereits kurz nach ihrer Ankunft in der Herberge kennengelernt. Er hatte den eben aus dunkler Winterkälte erschienenen Neuankömmlingen nacheinander auf die Schulter geklopft und gesagt: »Noch ein paar Schlaflose! Wir werden's krachen lassen heute Nacht, oder was meint ihr?«

Robert hatte diesen Jonathan zuerst für einen Angestellten der Herberge gehalten. Denn er hatte umgehend sowohl Anninas als auch Roberts Reisetasche genommen und die knarrende Holztreppe hinaufgetragen in den großen, eiskalten Schlafraum mit den schrägen Wänden und den dunklen Balken an der Decke. Er hatte einen schleppenden, steifen Gang, ähnlich einem alten Seebären aus einem Stevenson-Roman, was in Anbetracht seiner muskulösen Körpermasse und der enormen Kraft, die er ausstrahlte, ein leicht verzerrtes Bild ergab, wie Robert jetzt auch während des Kampfes feststellte.

Eines war von Anfang an klar gewesen: Jonathan war ein Mensch, der ohne Unterlass redete. Wie die Blasen in einem Sprudelbecken blubberten die Worte hervor. Er redete mit fränkischem Akzent. Und es war offenkundig, dass er auf eine höflich-zuvorkommende Sprechweise achtete, die aber wiederum dem anderen kaum je die Freiheit einräumte, etwas zu sagen. Es war, als hätte er eines Tages für sich beschlossen, die Mühe, die das Austauschen von Wörtern zwischen Menschen häufig bereitet, vollends auf sich zu nehmen. Und er hielt sich fest an diesen Beschluss.

So hatte er ihnen von seinen diversen Knieoperationen erzählt, die erfolglos verlaufen waren. Von den langen Zeitspannen seines Lebens, die deshalb im Bett zugebracht werden mussten. Er hatte von einer Hütte aus Trockenmauerwerk in den Bergen gesprochen, die ihm gehörte – sein Refugium, in das er sich immer zurückzog, wenn ihm die Welt für sein Dafürhalten zu dicht auf den Fersen war. Davon, dass er fürchtete, sie wegen seiner lädierten Kniescheiben eines Tages nicht mehr erreichen zu können. Und er schwadronierte darüber, dass der menschliche Geist sich zwar immer neue Räume erschaffen konnte. Aber niemals neue Zeit. Vielleicht, hatte Robert, in sich hineingrinsend, gedacht, redete Jonathan auch deshalb so schnell und viel: Er wollte die Zeit, die ihm blieb, um seine Sichtweise der Dinge darzulegen, keinesfalls verschwenden.

Und immer hatte er dieses Lächeln auf den Lippen. Als wäre es keine Frage, dass die Geschichte, die das Leben von ihm erzählte, ein gutes Ende nehmen würde. Ein seltsames Lächeln, das einen, wie Robert fand, gleichermaßen misstrauisch machte wie anrührte.

Jetzt, während er die beiden Boxer betrachtete, dachte Robert daran, dass dieser Jonathan noch etwas gesagt hatte. Und zwar ausschließlich zu ihm, Robert. Während sie über die Türschwelle traten und zum ersten Mal in den Aufenthaltsraum kamen. Wieder hatte Jonathan ihn an der Schulter gefasst. Und Robert erinnerte sich daran, wie unbehaglich ihm bei dieser Berührung gewesen war. Dass er fast zornig geworden war. Robert wurde nicht gern von Fremden berührt. Das Leben, das immer und immer wieder zupackte. Einem die Luft abschnürte. Gemeinhin hieß es ja, der Tod greife sich die Menschen. Das Leben tat es genauso.

Jonathan hatte zu ihm gesagt:

»Du trägst viel, was?«

Und als Robert fragte: »Wie meinst du das?«, war seine fränkelnde Antwort: »Man sieht's dir einfach an! Was meinst du, wieso ich vorhin deine Tasche genommen habe? Aber ich will dir mal was sagen: Erstens – nur derjenige, der Kraft hat, kann viel tragen. Lass dir also nie einreden, du wärst schwach. Und zweitens – vielleicht kannst du in Zukunft überall, wo du hinkommst, etwas von deiner Last abladen. Ein kleines bisschen hier, ein kleines bisschen da. Mach ein Ritual draus!«

Und nach einer Pause, als sich Jonathan bereits einen holpernden Schritt entfernt hatte: »Na, wie klingt das?«

Wie das klang? Nun lächelte Robert wieder. Und im gleichen Moment fragte er sich, warum er lächelte. Weil er es beeindruckend fand, wie unnachgiebig Jonathan an das Glück zu glauben schien? Weil er ihm diesen Glauben nicht abnahm? Doch, er nahm ihm diesen Glauben sogar ab. War es das Lächeln, das man manchmal auf den Lippen hat, wenn man kurz davor war, zu verzweifeln? Lächelte er, weil ihm gerade bewusst wurde, dass, sobald er sich eingehender mit dem Glück beschäftigte, seine Überlegungen immer mehr um die Abwesenheit des Glücks kreisten als um den Zustand des Glücks?

Und mit einem Mal sah Robert ein Gesicht vor sich. Ein hübsches, hochmütiges Gesicht. Das Gesicht von Mina. Einer jungen Halbinderin mit tiefschwarzen, glänzenden Haaren. Mit ihr zusammen hatte er Journalismus studiert. Sie hatten viel Zeit miteinander verbracht. Hatten literweise Cocktails zusammen getrunken. Hatten im Hamburger Stadtpark auf der großen Wiese vor dem sich in die Höhe reckenden, futuristisch aussehenden Gebäude des Planetariums auf einer Decke gelegen und hatten einander Alessandro Barricos *Seide* vorgelesen. Hatten Sex gehabt. Guten, ausgelassenen Sex. Aber ihre Beziehung war kaum über den Sex hinausgekommen. Zum einen, weil Robert, wie er jetzt dachte, ein sturer, verdammter Ignorant war, der sich erbärmlich angestellt hatte. Zum anderen, da Mina zu gern ihre Spiele trieb und so untreu war, wie er es selbst gern gewesen wäre. Er erinnerte sich jetzt daran, wie er einmal, nach dem Ficken, neben ihr im Bett gelegen hatte und auf den peinlichen Gedanken verfallen war, ihr von seiner Melancholie zu erzählen. Sofort war sie aus dem Bett gestiegen.

»Was willst du, Kiefhaber?«, hatte sie gesagt. »Glücklich sein? Glück ist was für die Einfältigen, etwas, worüber man in Hochglanzmagazinen liest. Glück ist die banalste Sache auf der Welt.«

In ihrem Wertesystem rangierte Klugheit weit vor dem Glück. Oft hatte sich Robert gefragt, wie er sich dazu positionieren sollte. War das bei ihm genauso? Nein, dachte er jetzt. Es war nicht so. Und er wollte es auch nicht so haben. Gab es etwas, das mehr schöpferische Kraft freisetzte als die Vorstellung von Glück? Im Großen wie im Kleinen? War nicht letzten Endes nur derjenige wirklich klug, lebensklug gewissermaßen, der es verstand, sich dem Glück zu öffnen? Und war derjenige, der in seinem Leben kein Glück empfand, es vielleicht sogar willentlich vermied, nicht auf fundamentale Weise dumm? So wie er, Robert, nichts als dumm war? Hochglanzmagazine, lächelte er. Und tief innen spürte er jetzt Verachtung für Mina aufsteigen bei dem Gedanken daran, dass sie mittlerweile selbst bei einem Hochglanzmagazin angestellt war.

Dann entschwand Minas Gesicht vor seinen Augen, und an seine Stelle trat wieder das Gesicht von Jonathan, dem Boxer. Robert musste daran denken, wie dieser Annina, Kudowski und ihn hier im Aufenthaltsraum mit einem schmächtigen jungen Mann von vielleicht fünfzehn Jahren bekanntgemacht hatte. Einem jungen Mann mit einer schräg auf den Kopf gesetzten Schildmütze. Der ein kleines, trauriges Lächeln lächelte.

»Das ist der Ole. Mein Geselle. Der geht durch dick und

dünn mit mir.« Und der Franke hatte ihn in einer spielerischen Geste in den Schwitzkasten genommen.

Kudowski hatte umgehend mit dem jungen Mann eine Kickerpartie bestritten.

»Und, Ole? Bist auch nicht so der Winterschläfer, was?«

»Doch, eigentlich mag ich's gern. Da muss man wenigstens nicht nachdenken. Aber mit Jonathan unterwegs zu sein ... mit ihm lässt sich's aushalten.«

Und Jonathan hatte darauf bestanden, mit Robert nach draußen zu gehen, ins nächtliche Schneetreiben, und hatte ihm, indem er eine Taschenlampe anknipste, seinen Bus gezeigt, der auf dem Parkplatz vor der Herberge stand. Es war ein zum Wohnmobil umfunktionierter UPS-Bus, vollgeladen mit Pappkisten, in denen sich Unterlagen und Werkzeug befanden. Fünf große Spritkanister standen auch da. Aber leider Diesel. Ritchie Blackmore fuhr nur mit Benzin.

»Und mit diesem Bus fahr ich nun durch die Lande«, sagte er. »Samt dem Jungen. Übernachten kann man auch drin. Ich kann nicht so lange schlafen, weißt du? Ich habe Albträume. Und für den Jungen ist es nicht schlecht, ein bisschen bei mir zu bleiben.«

Während die beiden über den Parkplatz zurück zur Herberge marschiert waren und er sich Schneekristalle aus den Augen rieb, hatte Robert gedacht, dass dieser redselige Riese mit seinen kaputten Beinen und den Tarnhosen, der schwerfällig neben ihm durch den Schnee stapfte, einiges in sich zu vereinigen schien: Waldschrat, Kfz-Mechaniker, Militärexperte, freier Geschäftsmann, Boxer, Jugendbetreuer, Schamane. Und er wusste nicht genau, weshalb, aber in ihm stieg ein Satz auf: Stolzer Kapitän eines Schiffswracks. Und ihm fiel wieder ein, dass er dann ganz plötzlich eine merkwürdige Dankbarkeit empfunden hatte, dass es Menschen wie ihn gab, dass sie irgendwo da draußen waren und sich mit ihren Wracks Wege bahnten, durch Nacht und Wind.

Jetzt betrachtete Robert die Sängerin, die mit über die Sessellehne geschlagenen Beinen noch immer ihren Blick in das Buch gesenkt hatte. Sie war sehr hübsch, fand er. Das Feuer warf einen unruhigen, schönen Schein auf sie. Sie hatte blonde Haare, ein spitz zulaufendes Kinn, schmale Lippen, von denen ein purpurner Glanz ausging, und Augen, klar und schimmernd wie Regenwasser. Der ausgewaschene Jeansstoff kleidete sie gut. Unterstrich auf eine lässige Art ihre schlanke Figur. Die ersten zwei oberen Knöpfe ihres Hemdes waren geöffnet, sodass die Augen auf eine raffiniertheimlichtuerische Weise erahnen konnten, was für wohlgeformte, runde, feste Brüste sie besaß. Plötzlich blickte sie auf und ertappte Robert dabei, wie er auf ihre Möpse starrte. In ihren Augen glomm ein Funke auf, und ein Lächeln legte sich auf ihre Lippen. Schnell wandte er das Gesicht ab. Außer ihnen beiden waren noch vier andere Menschen zugegen. Die beiden Boxkämpfer, Kudowski, der noch immer um sie herumging, und die vierte Person in diesem Raum war eine vielleicht fünfundzwanzigjährige Frau, die einen schwarzen Wollmantel trug. Sie hatte ein hübsches, schwermütiges Gesicht, das auf eine kühle Art zu leuchten schien. Und in diesem Gesicht waren zwei dunkle Augen, die vorsichtig und prüfend, wie aus einem Versteck heraus, in den Abend spähten. Ihre Haare waren knapp und schräg über der Wange gestutzt. Die meiste Zeit saß sie allein auf einem Sessel nahe dem Feuer und fertigte Bleistiftzeichnungen an. Auf der Armlehne des Sessels hatte sie eine kleine, ausgeblichene Maus aus Stoff drapiert, die vermutlich ein Talisman für sie war. Hin und wieder ließ sie die Maus und das Notizbuch, in das sie zeichnete, in ihrer Manteltasche verschwinden und erhob sich. Trat auf die Veranda hinaus, um eine Zigarette zu rauchen. Sie hatte einen unsicheren Gang. Als wäre sie mit einer Kraft in Berührung gekommen, die zu stark für sie war. Sie hob kaum die Füße. Immer, wenn sie in den Raum zurückkam, brachte sie etwas von der Kälte der Winternacht mit herein. Die junge Frau hieß Carla. Das hatte Robert von Annina erfahren, die sich ein wenig mit ihr unterhalten hatte.

Carla war unterwegs nach Hamburg. Zu einem Lagerhaus in der Speicherstadt. Das jedes Jahr, den Winter über, von einer Gruppe junger Leute besetzt wurde, die sich »Dezemberbande« nannten. Und dort Feiern, Happenings und Konzerte veranstalteten und auch gemeinsame Meditationen durchführten, die dem Geist und der Seele eine besonders intensive Fühlung mit dem Winter ermöglichen sollten. Robert hatte davon gehört. Er konnte sich daran erinnern, dass er einmal, wenige Tage nachdem er im Frühjahr aus dem Winterschlaf erwacht war, einen Bericht im Radio gehört hatte, in dem es hieß, dass Ende Januar die Polizei angerückt war und die Versammlung der jungen Menschen in der Speicherstadt aus nicht näher erläuterten Gründen aufgelöst hatte.

Für ein paar Augenblicke zerlief der Raum vor Roberts Augen. Und durch seinen Kopf zogen Verben. Verben, die für ihn gleichbedeutend waren mit Aufgaben: loslassen, annehmen, frei schaffen, abwehren, durchstehen, aufnehmen, *hinunterschlucken. Hinunterschlucken.* Und ihm wurde bewusst, dass er an diesem Tag einen halben Fresubin-Trank und einen halben Liter Cola zu sich genommen hatte. Nicht viel. Gar nicht viel.

Er stand auf, ging hinüber zu dem langen Holztisch und holte sich ein Weizenbrötchen aus dem Korb. Dann setzte er sich wieder hin. Er hielt das Brötchen in den Händen und betrachtete es eine geraume Weile. Wieder setzte er sich mit dem Thema Glück auseinander. Ein Satz, den Wilhelm

Busch geschrieben hatte, lief jetzt durch ihn hindurch wie ein Leuchtband:

Glück entsteht oft durch Aufmerksamkeit in kleinen Dingen, Unglück oft durch Vernachlässigung kleiner Dinge.

Aber wenn die Welt begann, einem vor den Augen zu verdämmern, dachte er, *was dann?* Zu Menschen, denen es schlechtging, sagte man oft: Kopf hoch! Sollte man nicht besser noch hinzufügen: Mach die Augen auf?

Schließlich begann er zu essen. Würgte nach und nach einen winzigen Bissen hinunter. Jedes Mal aufs Neue mit diesem Gefühl. Als hätte er noch nie zuvor Nahrung zu sich genommen. Als wüsste er nicht, wie das geht. Den Bissen ordentlich zerkauen, den Schluckreflex abwarten und dann – hinunter damit. Der einfachste und natürlichste Vorgang auf der Welt. Aber der Schluckreflex, er kam nicht. Beziehungsweise nur, wenn Robert sich entsetzlich anstrengte. Seine Lippen waren steif. Der Mund ausgetrocknet wie Pappe. Seine Kehle fühlte sich zugeschnürt an, und er fürchtete, der Bissen könnte ihm im Hals stecken bleiben, sei er auch noch so klein. Und er würde daran ersticken. Seine Hände wurden feucht, und er fühlte, wie ihm der Schweiß über den Rücken lief. Und diese hilflosen Bewegungen seiner Zunge! Wie ein eigenständiges Lebewesen, das zappelte. Wie ein gepeinigtes Tier, das nicht ausmachen kann, wer die Peiniger sind. Nicht mehr in der Lage dazu, die Nahrung richtig zu orten, geschweige denn, etwas damit anzufangen, den Geschmack wahrzunehmen. Häufig ertappte er sich bei dem Gedanken, dass ihm seine Zunge leidtat. *Armes, kleines Ding. Arme Rüschenzunge!* Und er musste sich zusammenreißen, um nicht in Tränen auszubrechen.

Jeden Dienstag um sieben Uhr war für die Männer im Stationszimmer der Klinik Antritt zum Wiegen gewesen. 51,4 Kilogramm hatte er gewogen, als er dorthin kam – vor neun

Wochen. Und vor fünf Tagen, beim letzten Mal, da war in seiner Patientenakte vermerkt worden: 50, 2 Kilogramm.

Müdigkeit überkam ihn. Und plötzlich war da wieder der Wunsch zu schlafen. Tief zu schlafen. Und erst wieder aufzuwachen, wenn der Frühling einsetzte und mit seinen Farben und seiner Helligkeit die Welt sättigte. Ihn selbst sättigte.

Der Boxkampf war inzwischen zu Ende gegangen. Annina streifte den Boxhandschuh ab und ließ sich schwer atmend auf einen Sessel nieder. Kudowski reichte ihr ein Handtuch, mit dem sie sich über das Gesicht wischte. Dann ging er hinter den Sessel, beugte sich über die Rückenlehne und begann ihr die Schultern zu massieren, während sie eine Glasflasche mit Mineralwasser an ihre Lippen führte und einige Schlucke nahm. Jonathan kam zu Robert und der Sängerin.

»Und? Wer ist als Nächstes an der Reihe?«, fragte er und vollführte ein paar schnelle Schläge in der Luft.

»Ich weiß nicht«, sagte sie. »Wirken sich gebrochene Rippen vorteilhaft auf die Sangeskunst aus?«

»Kunst ist Leiden«, entgegnete ihr Robert mit einem Lächeln.

»Nun ja«, sagte sie . »Meistens ist da nur Leid. Ganz ohne Kunst.«

»Wie heißt du?«, fragte Robert.

»Marei«, entgegnete sie und sandte ihm einen frechen Blick zu. »Und jetzt, Freunde, lese ich euch ein Gedicht vor. Hier steht, es wurde in China verfasst. Zwischen dem zehnten und dem siebten Jahrhundert vor Christus. Und ihr könnt mir sagen, was euch dazu einfällt.«

Sie hielt das geöffnete Buch mit einer Hand vor ihr Gesicht. Und wie auf ein Signal hin wurde es still im Raum. Sogar Jonathan schwieg. Robert stellte sich vor, er könnte die Nacht hören, die um das Haus strich. Marei begann langsam zu lesen:

Der Nordwind ist kalt;
Wolken von Schnee verwehen.
Sei gut zu mir, liebe mich,
fass meine Hand, lass uns gemeinsam gehen.
Ach, diese Scheu, diese Säumigkeit!
Komm, es ist keine Zeit.

Der Nordwind pfeift;
wirbelnder Schnee fällt zuhauf.
Sei gut zu mir, liebe mich,
fass meine Hand, nimm bei dir mich auf.
Ach, diese Scheu, diese Säumigkeit!
Komm, es ist keine Zeit.

Nichts ist rot wie der Fuchs;
nichts ist schwarz wie die Raben.
Sei gut zu mir, liebe mich,
fass meine Hand, nimm mich in deinen Wagen.
Ach, diese Scheu, diese Säumigkeit!
Komm, es ist keine Zeit.

Alle anwesenden Personen schienen ihr aufmerksam gelauscht zu haben. Kudowskis Hände waren bewegungslos auf Anninas Schultern liegen geblieben, und Carla hatte von ihrem Notizbuch aufgesehen.

»Und?«, wollte die Sängerin nach einem kurzen, andächtigen Moment der Stille wissen. »Was sagt uns das?«

»Also, mir sagt es«, antwortete Jonathan, indem er mit ausgestreckten Armen seinen mächtigen Körper reckte, »dass ich dringend mal die eine oder andere Dame anrufen muss.«

»Super«, erwiderte Marei. »Der Nächste bitte! He, du, Carla, oder? Was meint denn dein Stofftier dazu?«

Zum ersten Mal sah Robert Carla lächeln. Sie hob die kleine

Maus von der Sessellehne auf ihren Schoß, hielt sie vorsichtig in ihren alten Händen, strich mit den Fingern darüber.

»Ihre Antwort ist Schweigen«, sagte sie mit einer ein wenig belegten, spanisch anmutenden Stimme. »Wie die Antwort des Buddha auf die Frage, was Glück bedeutet.«

»Also, wenn ihr mich fragt«, rief Kudowski mit Ungeduld. »Ich finde, das Gedicht sagt einfach ... na ja, es sagt, dass man sich keine Sorgen machen soll. Dass die Zeit dafür zu schade ist.«

»Und du machst dir keine?«, fragte Annina und wandte den Kopf zu ihm um.

»Was?«

»Sorgen?«

»Nein«, sagte er, um gleich darauf gereizt hinzuzufügen: »Das heißt, natürlich mache ich mir Sorgen. Genau genommen ist doch jede neu anbrechende Zeitspanne eine, in der man sich Sorgen machen muss. Aber ich versuche ... na ja ... ich versuche mir zumindest keine zu machen. Das ist doch schon mal was. Annina, was lachst du denn so blöd?«

»Nichts, ich finde, du solltest an der Uni einen Vortrag halten.«

Daraufhin wurden Kudowskis Augen gewittrig.

»Hör mal«, sagte er, »du bist 'n nettes Ding, und du hast viel in der Birne. Möglicherweise mehr als ich. Kann sein. Aber das heißt nicht, dass du dir alles erlauben kannst. Damit das gleich klar ist.«

»Ist schon gut«, sagte sie mit sanfter Stimme. »Es tut mir leid.«

Und sie streckte ihre Hand nach ihm aus, strich einmal vorsichtig über seinen rechten Arm. Er ließ es geschehen.

»Und ich sollte das ruhig mal tun«, sagte er schließlich, »einen Vortrag halten. Viele Studenten könnten was von mir lernen. Du übrigens auch!«

»Und was ist denn jetzt *dein* Kommentar zu dem Gedicht?«, fragte die Sängerin Annina.

»Ich weiß nicht«, sagte sie, »ob ich mich überhaupt dazu äußern kann. Marguerite Duras sagt: Wenn das Erzählen kein flüchtiges Sprechen in den Wind ist, so ist es nichts. Und das schließt für mich auch die Erzählungen mit ein, in denen wir selbst die Protagonisten sind.«

Annina erhob sich mit dem Handtuch, das um ihre gebräunten Schultern gelegt war, aus dem Sessel, tat mit der Flasche in der Hand ein paar Schritte in Richtung der Glastür, die auf die Veranda führte, und trank. Sie besah ihr Spiegelbild und blickte gleichzeitig durch es hindurch. Ein zweigeteilter Blick. Einhaltend, entrinnend.

»Wer zum Henker ist Marguerite Duras?«, fragte Jonathan. »Die Gründerin eines Kosmetikunternehmens?«

Annina wandte sich zu ihm um.

»Ich streife gleich wieder meinen Boxhandschuh über«, sagte sie.

Momente der Geborgenheit

Annina

Für mich ist es Abend für Abend ein Genuss, unter die Decke zu kriechen und zum Einschlafen ein Kinderhörspiel laufen zu lassen. Früher, als ich klein war, haben das meine Geschwister und ich immer getan. Wir haben Märchen gehört, Astrid-Lindgren-Geschichten. Später dann TKKG, Die drei Fragezeichen, Krimis, was zum Gruseln. Und ich muss gestehen, dass ich das, von zeitweiligen kleinen Unterbrechungen abgesehen, einfach fortgeführt habe, bis zum heutigen Tag. Mittlerweile höre ich natürlich auch Erwachsenenhörspiele. Aber vorwiegend noch immer die für Kinder. Und wenn ich abends im Dunkeln liege und diese Stimmen laut werden, die in meiner Kindheit erklungen sind, dann ist das, als wäre ich unter einen warmen, schützenden Flügel geschlüpft. Und ich nehme ein anderes Gefühl wahr, das man als Kind häufiger empfindet. Nämlich, dass einem unendlich viel Zeit beschert ist, um der Mensch zu werden, der man zu sein wünscht. Und immer nach einer gewissen Weile liege ich da, zusammengerollt, zwischen den Laken, und all das verflüchtigt sich, und was zurückbleibt, ist Traurigkeit. Eine leise, zarte Traurigkeit. Und ich bin eingeschlafen.

Kudowski

Gegen Ende meiner Zeit in der Polizeischule hat mich ein alter Polizist mal zu einem kleinen Einsatz mitgenommen. Es war ein trüber Novemberabend. Und wir haben gemeinsam im Auto gesessen und haben das Haus eines Politikers bewacht.

Ich habe den Herrn, mit dem ich da im Auto saß, nicht besonders gern gemocht. Es war ein gedrungener Mann mit hochrotem Kopf und ein paar Haaren auf der Nase, der fast nie was sagte und dessen Lieblingsvokabel war: drankriegen. Wenn er zum Beispiel in der Zeitung einen Bericht über einen Fußballer las, der eine Affäre mit einer Popsängerin hatte, sagte er: Den müsste man auch mal drankriegen.

Wieso er mich damals überhaupt mitgenommen hat, das weiß ich nicht. Vielleicht mochte er mich. Auf seine Weise.

Aber jedenfalls hat er nur schweigend zugesehen, wie die wenigen Stichwörter, die ich mir zurechtgelegt hatte, die ein mögliches Gespräch hätten in Gang bringen können, gegen die Windschutzscheibe schwebten und zerplatzten. Die Zeit verging sehr langsam, und es wurde saukalt im Wagen. Der Kerl redete nicht, starrte vor sich hin. Und ich traute mich nicht, was anderes zu machen. Also starrte ich auch. Und schwieg auch. Es wurde immer kälter. Und ich dachte: Was mache ich hier? Die alten Gedanken waren wieder da, und was meine Eltern gesagt hatten: dass eh alles keinen Sinn hat und aus mir nichts werden wird. Und mir wurde ziemlich elend und einsam ums Herz. Aber dann ist plötzlich was passiert. Ich kann nicht mehr genau sagen, wie es kam. Auf einmal habe ich angefangen, mich darauf zu konzentrieren, dass es mich gibt. Ich bin hier, habe ich immer wieder zu mir gesagt. Ich bin hier. Und ich merkte, wie sich mein Gefühl zu dieser Nacht langsam veränderte. Bis ich mich schließlich richtig aufgehoben gefühlt habe. In dem alten Volkswagen. Neben dem traurigen, rotgesichtigen Polizisten.

Wer oder was mich letzten Endes im Leben drankriegt: Er war's jedenfalls nicht.

Robert

Bei uns zu Hause gab es meine Kindheit hindurch und während meiner Jugendjahre ein Ritual, das meine Mutter eingeführt hatte. Jeden Sonntag um sieben Uhr traf sich unsere Familie im Wohnzimmer mit den großen, dunklen Lamellentüren, die man zuschieben konnte. Eine weich umschmeichelnde Beleuchtung wurde erzeugt, jeder nahm Platz, auf den beiden Sofas, auf Sesseln, auf dem grauen Sitzsack mit den Flecken von Matthias' Nasenbluten, den wir Kinder besonders mochten, auf dem alten Teppich mit den Fransen, auf dem Holzboden, und meine Mutter stand kerzengerade an dem Stehpult, das mein Vater einmal aus Portugal mitgebracht hatte, und las uns immer genau 45 Minuten lang etwas aus der Weltliteratur vor. Geschichten, Verse, Auszüge aus Romanen. Wir alle waren ja unterschiedlich alt. Aber es wurden immer Texte ausgewählt, die jeder von uns verstehen konnte. Dieser Termin war verpflichtend für uns alle. Egal, ob ein heller Sonnentag draußen vor den Fenstern lag, ob es stürmte, ob ein Mädchen gehaucht hatte: Komm doch heute noch bei mir vorbei. Verpflichtend für Jurek und Matthias, meine beiden älteren Brüder, für mich und für die beiden Mädchen Nicole und Helena, mit Haaren wie dunkle Bronze, die meine Eltern adoptiert hatten, nachdem deren Eltern, Freunde meiner Eltern, bei einem Tunnelunglück in Italien ums Leben gekommen waren. Selbst verpflichtend für meinen Vater, den Sportlehrer, der sonst mit Literatur wenig zu schaffen hatte, der bei den Lesungen immer für Ruhe sorgte und bei dem sich bestimmt nicht wenige in unserem Bekanntenkreis heimlich fragten, wie er es geschafft hatte, sich eine solche Frau wie meine Mutter zu angeln. Eine schlanke, ehrfurchtgebietende Person mit glatt zurückgekämmtem, hellem Haar. Abstrakte Landschaftsmalerin, deren Bilder mehr den Charakter einer Landschaft wiedergaben als ihre Topographie, und die in Bayern einiges Ansehen genoss. Verpflichtend auch für Tronje, unseren Bernhardiner-Mischling, der sich mit seinem dicken Hintern zwischen uns Kinder quetschte und manchmal bellte, wofür es einen Klaps auf die Nase gab. Ich weiß, dass nicht jeder von uns diesen Lesungen viel abgewinnen konnte. Für meine auf Sport versessenen Brüder zum Beispiel stellten sie eine regelrechte Tortur dar. Sie blickten beide unruhig umher, wie Tiere, die einen Ausweg zur Flucht suchen. Und sobald die 45 Minuten vorüber waren, stürmten sie sofort aus dem Raum. Was die Mädchen betrifft, so kann ich mir keine Einschätzung erlauben. Aber für mich selbst zählte diese Lesestunde immer zu den schönsten der gesamten Woche. Nie werde ich die Stimme meiner Mutter vergessen. Diese nüchterne, spröde Stimme, die mich in das Land der Literatur lockte. Sobald ich ein Buch aufschlage und eine Zeile lese, ertönt sie in meinem Kopf.

DRITTES HEFT

Farben setzen sich zur Wehr

Der Himmel sandte fahles Licht über der Stadt aus. Vereinzelte träge Flocken fielen. Es herrschte beißende Kälte. Die Buden auf dem Viktualienmarkt waren schneeüberhäuft und sahen wie Geschöpfe aus, die ein eisiger Blick gebannt hatte. Die Fenster in den Häusern ringsum – wie Augen, die fest geschlossen waren. Robert stellte sich vor, er könnte sie manchmal wie unter unruhigen Träumen zittern sehen.

Annina, Kudowski und er, drei winterlich vermummte Gestalten mit vor dem Mund schwebenden Atemwolken, gingen durch die schweigende, weiß gebleichte Landschaft, die der Marktplatz war. Robert ließ die beiden anderen ein wenig zurück. Schritt schnell aus. Sein Körper fühlte sich ganz leicht an. Und der Schnee unter seinen Füßen und der viele Schnee um ihn her kamen ihm weich und wie liebkosend vor. Einmal stolperte er und wäre beinahe hingefallen. Es kümmerte ihn nicht. Immer wieder tauchte vor seinen Augen das ruhige, ovale Gesicht der diensthabenden Pflegerin im Krankenhaus auf, umrahmt von den glatten, braunen Haaren. Und die eiskalte Luft schien ihre Stimme mit dem Wiener Akzent an sein Ohr zu tragen: *Ja, Herr Kiefhaber ist hier! Er ist auf der 115, Innere Abteilung. Sein Zustand – stabil. Jetzt kann ich Sie nicht zu ihm lassen. Frühestens morgen. Morgen früh. 8 Uhr 30. Ist das in Ordnung?*

Und indem er nun um eine der Buden bog, sagte er zweimal leise: »In Ordnung.«

Und er glaubte wahrzunehmen, wie etwas, weiß wie Schnee, leer wie Luft, die Worte von seinen Lippen nahm. Und er lächelte und bemerkte, wie angenehm es für ihn war, zu laufen. Wie beschwingt sich seine Beine bewegten. Wie durch einen mit Duft erfüllten Sommer. Wie schön es war, hier zu sein. Diese Stadt in ihrem weißen, zauberhaften Glanz ganz für sich zu haben. Zu erleben. Einzuatmen. Wie gut und richtig es gewesen war, nicht zu schlafen. Dass er richtige Freunde hatte. Die bei ihm waren. Ihn unterstützten. Dass er nicht allein war. Und es vielleicht auch in Zukunft nicht sein müsste. Und vor allem, dass er seinen Vater noch einmal sehen konnte. Ihm sagen konnte, dass es ihm jetzt schon besserging. Und ihm schließlich doch noch erzählen konnte, dass ...

»He, du Windhund«, hörte er Annina rufen. »Mach langsamer, man kommt dir nicht hinterher!«

Er blieb stehen, wandte sich um und wartete, bis die beiden herangekommen waren. Ihm fiel auf, dass sein Sichtfeld ein bisschen zitterte. Er schrieb es der Winterluft zu.

»Das ist also München«, sagte Kudowski, sich einmal nach links und dann nach rechts drehend. »Hätte nicht gedacht, dass ich das so schnell mal zu sehen kriege. Es ist herrlich hier.« Er atmete eine weiße Dampfwolke zu Robert hinüber. »Romantisch. Ich weiß, dass meine Mutter immer vom Viktualienmarkt geredet hat. Und wie gern sie mal hinfahren würde. Hat sie aber nie gemacht. Tja, Pech, kann man da nur sagen. Jetzt bin ich hier.«

»Leider gibt es hier gerade nicht besonders viel zu sehen«, sagte Annina.

»Was heißt da, nicht viel zu sehen?«, polterte Kudowski. »Das ist wieder typisch Frau. Nur weil die Schuhgeschäfte geschlossen sind oder was? Es gibt allerhand zu sehen. Schau nur, die verrammelten Buden und die schönen, alten, verzierten Häuser und die Kirchturmspitze, die in den Winterhimmel sticht. Außerdem heißt es doch, man sollte die Dinge immer von einem anderen Blickwinkel aus betrachten.«

»Zum Beispiel von dem eines Mannes, der angegriffen wird«, sagte Robert und schleuderte mit aller Kraft einen Schneeball auf Kudowski, den er, während dieser sprach, heimlich geformt hatte.

»Na warte!«, sagte der Getroffene und klaubte rasch Schnee vom Boden auf. Robert wollte schon in Deckung gehen. Aber Kudowski warf seinen Schneeball in einer jähen Drehung auf Annina, die nur wenige Meter von ihm entfernt stand. Er traf sie mitten ins Gesicht.

»Ich entschuldige mich bei dir«, sagte sie mit einem Lächeln, während sie ihren Oberkörper ein wenig nach vorn neigte und sich den Schnee von Gesicht und Haaren rieb, »dass ich daran gezweifelt habe, dass du ein Gentleman bist.«

»Jetzt sind dann wohl alle Zweifel beseitigt«, entgegnete er.

Damit war die Schlacht eröffnet. Sie jagten sich gegenseitig um die Buden herum, die aber nur kurz Schutz boten. Annina schrie am lautesten.

Nach einer Weile zog wie aus dem Nichts eine vierte Person in die Schlacht ein. Eine dicke Frau, vielleicht Obdachlose, wie Robert mutmaßte, mit einem breiten indianischen Gesicht und einem Lausbubenlächeln. Sie trug eine alte Daunenjacke, hatte eine Wollmütze mit Bommel auf dem Kopf und bunte Strickhandschuhe an den Händen. Sie sprang Annina tatkräftig zur Seite und schleuderte den beiden Männern viele Schneebälle um die Ohren. Und hatte sichtlich Freude daran.

Als die Schlacht schon geraume Zeit im Gange war, lehnte sich Robert mit dem Rücken gegen eine der Buden, um zu verschnaufen. Der Nachmittag war mittlerweile lautlos in den Abend hinübergeglitten. Dunkelheit mischte sich in die Luft. Der Flockenfall wurde wieder stärker. In unablässigem, dichtem Gestöber sank der Schnee jetzt vom Himmel. Nadeln, Sterne und Prismen stäubten in den verdämmernden Tag. Fielen auf seine schwarze Mütze, hefteten sich an sein Haar, schwebten hinten in seinen Mantelkragen, schmolzen seinen Rücken hinab, legten sich auf seine Arme und auf seine Hände, die in Handschuhen steckten, fuhren ihm in die Augen. Löschten alles, mit ihrem Weiß. Der Marktplatz, auf dem er stand, wurde nach und nach seiner Konturen beraubt und gab sich auf. Robert musste ihn sich vorstellen. Die kleinen Geschäfte mit den heruntergelassenen Jalousien. Und diejenigen mit den kunstvoll verzierten Schaufenstern, die mit schmuckvollen Fotofolien beklebt waren, auf denen man weiß berührtes Felsengebirge sah, lichtdurchglänzte Himmel, Pferde, die durch aufstäubenden Schnee galoppierten. Beim Metzgerei- und Feinkostgeschäft Schlemmermeyer auf der anderen Straßenseite, bei dem seine Mutter früher an Samstagen gelegentlich eingekauft hatte, hatte man sich, wie er sich erinnerte, für ein anderes Motiv entschieden: Würste. Und er musste leise über die Vorstellung lächeln, wie einer der führenden Mitarbeiter dort im Zuge der Planung für die drei Monate währende Auszeit zu seinen Kollegen gesagt hatte: »Na, also bittschön nicht wieder diesen romantischen Winterquatsch! Wir müssen uns was anderes überlegen. Wenn jemand einen Vorschlag hat, soll er g'fälligst zu mir kommen.«

Viele der Schaufenster in der Innenstadt schmückten sich

mit berühmten Versen, Zitaten, Liedtexten. Einen dieser Texte, den er auswendig konnte, sprach Robert jetzt leise vor sich hin:

Müde bin ich, geh' zur Ruh',
Schließe beide Äuglein zu.
Vater, lass die Augen dein
Über meinem Bette sein.

Alle, die mir sind verwandt,
Gott, lass ruhn in deiner Hand.
Alle Menschen groß und klein,
Sollen dir befohlen sein.

Kranken Herzen sende Ruh',
nasse Augen schließe zu.
Lass den Mond am Himmel steh'n
Und die stille Welt beseh'n.

Und dann kam ihm ein Vers in den Sinn, den er im Kommunionsunterricht auswendig gelernt hatte:

Gott im Himmel hat an allen
seine Lust, sein Wohlgefallen,
kennt auch dich und hat dich lieb,
kennt auch dich und hat dich lieb.

Er sah sich vor sich als kleiner Junge mit langen Haaren, dem dunklen Jackett und der Kommunionskerze in der Hand.
»Kennt auch dich und hat dich lieb.«
Er sprach den letzten Satz laut aus. Zögerlich. Nachdenklich. Als bärge er ein Geheimnis. Er hörte Anninas Lachen, das dann erstarb, als wäre es von Schnee erstickt worden. Und einen Ruf Kudowskis, wie abgerissen. Robert musste

daran denken, wie sie zu dritt in Ritchie Blackmore die leere Leopoldstraße hinuntergerollt waren. Wie unvergleichlich diese wenigen Minuten gewesen waren. Als führe man durch eine Stadt, aus der in der Nacht zuvor alle Bewohner geflohen waren. Und das Siegestor war ihm noch nie so prachtvoll, so glückverheißend und so traurig zugleich erschienen. Die vielen Fenster der Häuser. Jedes auf seine Weise uneinsehbar. Und scheinbar auch in einer anderen Farbe gehalten. Es war ihm überhaupt so vorgekommen, als wären viele Farben zu sehen gewesen. Obwohl doch das Weiß buchstäblich die gesamte Stadt verzehrte. Aber andere Farben setzten sich zur Wehr, schafften sich Raum. Das wäre doch ein trostvoller Gedanke, dachte Robert, wenn es sich im Leben gesetzmäßig auch so verhielte, wenn das Dunkle überhandnahm. Erst im vergangenen Jahr hatte der Stadtrat von München für den Winterschlaf eine Zehn-Prozent-Formel entwickelt. Zehn Prozent der Straßen waren geräumt. Zehn Prozent der Krankenhäuser waren geöffnet, zehn Prozent der Polizisten hatten Dienst. München war die einzige Stadt, in der es schon geraume Zeit eine Nicht-Schläfer-Partei gab, die das ganze Jahr über versuchte, die Bedingungen für die Nichtschläfer zu verbessern.

Kurz tauchte in seinem Inneren ein vages Bild von seinem Vater in einem Krankenbett auf. Wie er jetzt wohl aussehen mochte?, fragte er sich.

Dann wurde es von Bildern von der Nacht zuvor in der Herberge verdrängt. Er hatte viel Wein getrunken. Auf beinahe nüchternen Magen. Und das, obwohl sich Alkohol mit dem Antidepressivum, das er jeden Abend nehmen musste, nicht vertrug. Er erinnerte sich daran, wie Marei Gitarre gespielt und gesungen hatte. Wie ausgesprochen schön das gewesen war. Sie hatte wehmütige Countrymusik gespielt. Er erinnerte sich, wie hübsch sie ausgesehen hatte, während sie sang. Wie sich ihr Körper den Songs hingab und wie von innen durchleuchtet aussah. Wie grazil sie sich bewegt hatte. Wie sexy. Einmal hatte sie die Gitarre weggelegt und ganz ohne die instrumentale Begleitung gesungen. Das war der schönste Moment des gestrigen Tages gewesen, fand Robert.

Marei hatte ihm erzählt, dass sie aus Timmendorf kam, und hatte ihm sogar ihre Handynummer gegeben. Er würde sie anrufen. Bestimmt. Schon ganz bald. Wenn er wieder in Hamburg war. Timmendorf war nicht weit entfernt von Hamburg. Wenn wieder Sonnenstrahlen über seinen Himmel kletterten. Wenn seine Kompassnadel eine Richtung anzeigte. Wenn die Menschen aus dem Winterschlaf erwachten und wieder die Straßen bevölkerten. Wenn Düfte die Luft erfüllten. Wenn allerorts das Fest des Aufwachens gefeiert wurde. Wenn er wieder essen konnte. Wenn ...

Da fiel ihm ein, dass Kudowski ihn, während Mareis Musik erklang, auf die Schultern genommen und umhergetragen hatte. Er sah Carla vor sich, wie sie sich mit ausgebreiteten Armen im Kreis gedreht hatte, auf eine leicht schwerfällige Weise, mit geschlossenen Augen und diesem hingebungsvollen und wie dankbaren Ausdruck im Gesicht. Wie eine Blume, die Sonnenlicht trinkt, hatte er noch gedacht. Und wo war die Maus gewesen? Hatte sie auch getanzt? Und noch etwas fiel ihm ein. Dass er selbst irgendwann an diesem Abend fürchterlich laut gelacht hatte. Das Lachen tönte jetzt erneut in seinen Ohren, klang hässlich, angsteinflößend. Das schmale Bett, in dem er lag, hatte die ganze Nacht geschwankt, und in seinen Eingeweiden wand sich etwas wie eine Schlange. Und hatte er das nur geträumt, oder war es tatsächlich so gewesen, dass Kudowski zu Annina ins Bett hatte steigen wollen? Dass Kudowski gesagt hatte: Komm, es gibt nichts, das ich mir jetzt mehr wünsche, gar nichts? Und dass sie ihn nur mit Mühe zurückhalten konnte? Und dass letzten Endes sogar der große Jonathan aufgestanden war, um mit ihm zu reden? Mit vom Schlaf, dem Alkohol und von der kalten Luft heiser gewordener Stimme? Wie war die Sache ausgegangen? Hatte sich Kudowski nur einen Jux gemacht? Robert hatte sich nicht getraut, Annina oder ihn dazu zu befragen. Den ganzen Tag über nicht. Und er hatte auch keine Lust dazu gehabt. Auch die beiden hatten kein Wort verlauten lassen, das auf die nächtlichen Vorkommnisse hingedeutet hätte. In Gedanken ließ er diesen Tag nun ein weiteres Mal ablaufen. Den Morgen, als es noch dunkel war und der Winterdienst anrückte. Ein zarter Junge war es gewesen, der das Benzin brachte, ungefähr achtzehn. In einem olivgrünen Jeep, der, wie Annina gemeint hatte, wie der große Cousin von Ritchie Blackmore aussah. Robert war es nur wie ein, zwei knappe Minuten vorgekommen, und schon war das zarte Wesen in seinem mächtigen Gefährt wieder fortgebraust. Die holpernde, laut rauschende Fahrt durch einen Blässe atmenden Tag, mit Kudowski am Steuer und Annina weitestgehend schlafend. Die vorbeihuschenden Ortschaften und Dörfer, in Nebeln versunken. Waldflächen, von weißer Finsternis erfasst. Andeutungen von Kirchtürmen, die in den Himmel verschwanden. Einmal waren sie an einer Ausfahrt vorbeigefahren, die in den Ort Handern führte. Besser gesagt, sie führte in ein fahles Nichts. Robert hatte versucht, sich diesen Ort, der in diesem Nichts weilte und einen weißen Traum träumte, vorzustellen. Er hatte sich vorgestellt, wie das Weiß durch die Luken und Ritzen ins Innere der Häuser sickerte und in die Körper der Schlafenden fuhr. Im Gegensatz zum vorherigen Tag hatten sie unterwegs sogar immer wieder Menschen gesehen. Diese fuhren allerdings nicht in Fahrzeugen. Soweit sich Robert erinnern konnte, war der einzige Wagen auf den Straßen ihrer gewesen. Nein, es hatte sich um Fußgänger gehandelt, die am Rand der Autobahn still ihres Weges gingen. Kaum einen erlebte Robert als Einzelgänger. Es waren Gruppen, die daherkamen. Kleine Prozessionen aus winterlich vermummten Gestalten mit schweren Stiefeln und bleichem Atem vor den Mündern, die vor sich auf die hartgefrorene Erde blickten und nicht aufsahen, als der Suzuki an ihnen vorbeirumpelte. Woher kamen sie? Wo gingen sie hin? Es hatte ausgesehen, als folgten sie einem Ruf über der winterlichen, verlassenen Straße, den nur sie hörten. Das sind Menschen, die keinen Winterschlaf halten, hatte Robert gedacht. Paradox, wie sehr sie Schlafwandlern glichen.

Robert nahm eine Handvoll Schnee und drückte das kalte Weiß zu einem kleinen Ball zusammen. Hatte aber nicht die Absicht, ihn zu werfen. Er ließ ihn sofort wieder fallen. Er dachte noch mal an die Nacht in der Herberge zurück. Daran, dass Kudowski in diesem kalten Schlafsaal, der nach Osten ging, während der Wind hohl im Schornstein heulte und auf dem Dach eine lose Schieferplatte klapperte, laut aus einer Mineralwasserflasche getrunken und ständig gerülpst hatte. Und die anderen unterhielt, weil er nicht schlafen konnte. »Was schlaft ihr denn auch alle?«, hatte er gesagt. »Es ist doch erst halb fünf.«

Robert machte ein paar zaghafte, flockenumwirbelte Schritte.

Und wer hatte von der Erinnerung aus tiefer Kindheit gesprochen? Von dem Schlafzimmer, das abgedunkelt war, von den Blicken wie schwarze Träume? Von dem Kinderherz, das schlug, von den geschlossenen Klappläden aus Holz vor den Fenstern und dem kleinen, kleinen herzförmigen Loch darin, das blass durchschienen wurde von etwas, das Laternenlicht war oder ein feiner Strahl des Mondes oder ein Sonnenschimmer? Und wer hatte ihm noch mal von dem Weihnachtsbaum erzählt? Und seinen Lichtern? War es der Junge gewesen? Ole? Dass er als Kind am Weihnachtsabend in der Kirche, wenn ihm in der Messe die Zeit bis zur Bescherung zu lang wurde, immer die Augen zusammengekniffen hatte? Sodass die Lichter vom großen Weihnachtsbaum ineinanderflossen und besonders strahlend aussahen? Und dass er sich heute manchmal wünschte, er könnte so in seine Tage schauen, dass alle Lichter da draußen auf eine solche Weise verschwammen und leuchteten?

Robert nahm plötzlich wahr, wie die Dunkelheit des Winterabends in Wellen über ihm zusammenschlug. Die Gedanken fielen ihn an. Schwärme von Gedanken. Sie sahen aus wie Krähenvögel, die von den mit Schnee bedeckten Dächern auf ihn herabstießen. Wieder machte er ein paar Schritte. Redete jemand mit ihm?

Dann war sein Denken von der weichen Lautlosigkeit des Schnees erfüllt. Für Sekunden verwandelte sich die bleich schimmernde Welt in eine Schräge. Er fiel seitwärts zu Boden. Ohne sich abzustützen. Er wollte sich sofort wieder aufrichten, hörte das Knirschen, das seine Bewegungen begleitete. Es gelang ihm nicht. Er blieb liegen. Mit geöffneten Augen. Erwartungsvoll. Dann wurde es schwarz.

»Du isst das jetzt!«, hörte er den Menschen sagen, der Kudowski hieß. Seine Stimme klang, als spräche er hinter Glas. »Hast du mich verstanden? Du isst das jetzt! Sonst wird's ungemütlich zwischen uns!«

Robert blickte in das blasse Gesicht mit den blitzenden Augen. Der Sinn von dem, was um ihn war, der Fond des Wagens, das brennende Lämpchen am Rückspiegel, die

Windschutzscheibe, mit Schnee zugedeckt, hinter dem kein Leben zu existieren schien, der Blick, der auf ihn gerichtet war, und das, was gesprochen wurde, schien ihm immer wieder zu entgleiten. Sein Kopf dröhnte. Und da war ein körperlicher Schmerz, zu dem er aber keinen Bezug herstellen konnte. Als hörte er einen anderen Menschen von einem Schmerz sprechen. Und es kam ihm so vor, als würde die Anziehungskraft der Erde besonders stark auf sein Fleisch, die Knochen, das durch seine Adern rollende Blut einwirken. Er spürte, wie fest er hinuntergedrückt wurde, auf den Autosessel. Er wandte den Blick langsam von Kudowski ab, sah auf seinen Schoß, auf den dieser immer wieder mit dem behandschuhten Zeigefinger gedeutet hatte. Sah dort mehrere in Plastik verpackte BiFi-Salami-Würstchen liegen und ein Snickers.

»Wie bin ich hierhergekommen?«

»Wir haben dich in die Mitte genommen«, sagte Kudowski, dessen Stimme in Roberts Ohren sehr langsam wieder an Klarheit gewann.

»Und wo sind wir hier?«

»Das kann ich dir sagen. Wir befinden uns in einem alten Geländewagen. In Eis und Schnee. Irgendwo auf einem finsteren Parkplatz. In einer Stadt, in der alle Menschen Winterschlaf halten. Weil wir, zwei Patienten aus Waldesruh mit einem gehörigen Sprung in der Schüssel, die tolle Idee gehabt haben, einen netten, kleinen Ausflug zu machen. Und im Gepäck haben wir ein zugegebenermaßen hübsches Tankstellen-Mädchen, von dessen Schüssel wir aber gar nicht erst zu reden brauchen. Denn immerhin war sie dumm genug, sich uns anzuschließen.«

»Meine Schüssel ist völlig in Ordnung«, hörte er Annina auf dem Rücksitz sagen. »Feinstes Porzellan.«

Nach einer Weile entgegnete Robert etwas schwerfällig:

»Hört sich doch alles nach einem richtigen Spaß an, oder nicht?«

»Mir ist nicht mehr nach Späßen«, sagte Kudowski leise, fast flüsternd. Und in seinen Augen stand der Zorn, den Robert schon häufiger wahrgenommen hatte und der wieder dafür sorgte, dass ihn eine unbestimmte Furcht ankam wie ein kalter Nebelhauch.

»Und jetzt iss!«, sagte er ein weiteres Mal. »Ich werde dir zusehen. Ich werde dich nicht in Ruhe lassen, hörst du? Bis du nicht mindestens zwei von diesen Scheiß-Würsten hier gegessen hast. Sonst drück ich sie dir selber rein. Ich schwör's! Reiß dein Maul auf und schluck sie runter. Ich kapier's nicht. Was ist so verdammt schwer daran?« Er ahmte eine weinerliche Kinderstimme nach: »... ich kann nichts essen ... ich kann nichts essen ...«

»Kudo, es reicht«, sagte Annina.

»Nein, es reicht nicht, Frau Krankenschwester. Weißt du, wie viele Menschen da draußen verrecken, weil sie nichts zu fressen kriegen? Die sich nichts sehnlicher wünschen, als einen Bissen zu tun? Aber unser Feingeist hier sagt: Nein, ich kann es nicht hinunterschlucken, es ist zu groß, es ist zu faserig, es ist zu lang, es ist zu dick, es ist zu fettig, es wird mich umbringen.«

Seine hellen Augen waren noch immer auf Robert gerichtet. »Tut mir leid, dass ich dir das sagen muss. Wenn du dir eingebildet hast, dass wir uns aufmachen zu deinem Vater, damit du dich zu ihm legen kannst, um mit ihm zu sterben, dann hast du dich getäuscht. Ich für meinen Teil werde daran nicht teilhaben. Und ich werde nicht mit dir gehen. In dein Schattenreich. Falls du das denkst. Ich für meinen Teil will meine Zähne ins Leben schlagen. Zubeißen, verstehst du? Schmecken. Zerkauen. Zu eigen machen. Ich habe nur kurz Gelegenheit dazu. Einen Augenaufschlag lang. Und die werde ich mir nicht entgehen lassen. Und ich kann dir nur sagen: Du bist gut beraten, wenn du's auch so machst. Und jetzt iss!«

Kudowski nahm eine der BiFi-Packungen, riss sie auf, pulte mit hastigen Bewegungen die Wurst aus dem dünnen Plastikhäutchen und hielt sie Robert hin.

»So was bringt doch nicht mal ein Mensch runter, der keine Schwierigkeiten damit hat, zu essen«, sagte Annina.

»Nimm ihn nicht immer in Schutz!«, schrie Kudowski jetzt. »Das geht mir auf die Eier. Das ist eine BiFi! Die ist lecker. Jedes verdammte Kind isst gern BiFi. Beiß rein! Ich will es sehen!«

Robert nahm die BiFi, hielt sie mit zittrigen Fingern fest. Spürte, wie ihm der Schweiß ausbrach und sein Mund austrocknete, wie die Übelkeit sich in seinem Inneren Bahn brach. Dann packte ihn Kudowski mit beiden Händen am Mantelkragen und schüttelte ihn.

»Du beißt da jetzt rein, verdammt noch mal!«

Und Robert biss zu. Er biss große Stücke ab, die schwer auf seiner Zunge lagen, brachte es mit Mühe fertig, zu schlucken. Dann verschluckte er sich. Keuchte. Röchelte. Tränen stiegen ihm in die Augen. Aber er hatte Angst davor, aufzuhören. Er tat wieder einen Bissen und wurde von einem Würgen erfasst. Er riss den Mund weit auf. Er verspürte den Drang, zu kotzen. Alles auszuspeien. Die widerliche Salami, Fresubin, Antidepressiva, alles, was er war und darstellte, alles, was vielleicht in ihm angelegt war, was er hätte werden können oder sollen oder dürfen, all seine verseuchten Empfindungen, das schwindsüchtige, innere Licht, alles, alles wollte er auskotzen. Aber es kam nichts. Gar nichts. Sein Kopf sank gegen die Wagentür.

»Robert muss ins Krankenhaus«, sagte Annina. »Vielleicht können die ihn an einen Tropf legen oder so. Wir sollten wieder dahin fahren, wo wir vorhin waren. Wo auch sein Vater ist.«

Kudowski blickte den dürren jungen Mann an, der neben ihm auf dem Beifahrersitz kauerte. Und den Eindruck eines frierenden Kindes erweckte. Es war auf einmal etwas wie Trauer an ihm, und ein sanfter Schimmer lag in seinen Augen. Ein Blick, den Menschen, die Kudowski kannten, nicht allzu häufig an ihm zu sehen bekamen. Dann wandte er sich zur Seite und sah durch die Schlieren aus Eis und die vielen winzigen Schneekristalle, die an der Scheibe hafteten, hindurch, aus dem Fenster in die Nacht hinaus. Schließlich sagte er: »Ich denke, dass ich jetzt gehen werde. Ihr kommt ohne mich zurecht.«

»Was soll das heißen?«, fragte Annina.

»Das, was ich gerade gesagt habe.«

»Du kannst doch jetzt nicht gehen. Wo willst du denn hin? Ohne Auto? Ohne alles? Du ...«

»Ich bin schon groß. Und ihr fahrt, wohin ihr wollt. Ins Krankenhaus, von mir aus. Vielleicht ist das wirklich das Beste.«

»Aber warum denn?«

»Reichst du mir meine Tasche nach vorn?«

»Kudowski, das ist dumm. Das ist ... unnötig ...«

Er lächelte verächtlich.

»Das überlass mir. Die Tasche, bitte!«

Es kam Robert sehr lange vor, bis sie die zwischen dem anderen Gepäck verstaute Tasche hervorgeholt und ihm nach vorn gereicht hatte.

Kudowski öffnete die Wagentür, die ein wenig ächzte, und stieg aus. Eiskalte Luft strömte ins Innere des Wagens, und Schneeflocken wirbelten herein. Er setzte seine Mütze auf. Annina klappte den Vordersitz um und stieg aus. Robert spürte jetzt die starke Kälte, die ihn ganz durchdrungen hatte, und den Schmerz, der seine rechte Körperseite, auf die er gestürzt war, hinauf- und hinunterpulste. Er wollte etwas sagen, aber es kamen ihm keine Worte über die Lippen. Dann sah er, wie Kudowski sich leicht bückte und zu ihm in den Geländewagen hineinsah. Sein Gesicht undeutlich, von Nacht und Schneewind umtost.

»Hast gewonnen, kranker Mann«, sagte er. »Aber vergiss nicht: Krankenschwester und Patient – so was hält nie. Viel Spaß beim Scheiben-Freikratzen!«

Er hob die Hand zum Abschied und entfernte sich. Robert hörte, wie er um den Suzuki herumging und auf den Gehsteig trat. Für Sekundenbruchteile glaubte er noch Kudowskis breiten Rücken auszumachen. Bevor die Finsternis ihn ganz verschlang.

Und aus dieser Finsternis erwuchs nun eine Erinnerung:

Einmal hatte sich Robert in Waldesruh ein Fahrrad ausgeliehen. Er wollte damit in den Ort auf der anderen Seite der Autobahn fahren. Kam aber nur zum Anfang der kleinen Fußgängerbrücke, die sich über den rauschenden Verkehr der Autobahn spannte. Später in der Gruppentherapiesitzung redete er darüber. Dass er nicht hatte drüberfahren können. Weil er Angst davor hatte, dem Drang, hinunterzuspringen, nicht widerstehen zu können.

»Wärst du nur gesprungen«, hatte Kudowski gesagt. »Dann bräuchten wir jetzt nicht über diesen Scheiß reden.«

Annina saß in ihrem taillierten Wollpullover mit Rollkragen und Schulterverzierung, der ihr knapp über die Hüften ging, auf einem Stuhl, nahe dem schmalen Bett, auf dem Robert lag. Ihr Oberkörper war nach vorn gebeugt, zu ihm hin. Und der kleine Anhänger aus Bernstein an ihrer Kette streifte das Laken. Er fand, ihr Lächeln wirkte unheimlich müde, ihr leuchtend roter Lippenstift war an beiden Mundwinkeln verschmiert. Dennoch, dachte Robert, lag Zärtlichkeit in ihrem Lächeln. Sie wirkte wie jemand, der schon häufiger an Krankenbetten gesessen hatte. Der ernstlich bestrebt war, Trost zu spenden. Vielleicht hatte das, dachte er, etwas mit ihrer großen türkischen Familie zu tun. Vielleicht rührte es aber auch daher, dass, wenn sie sich selbst in Situationen wiederfand, in denen sich Dunkelheit um sie schloss, in Wahrheit niemand da war, der ihr Halt und Liebe geben konnte. Wie sehr sie es sich vielleicht auch wünschte. Er dachte: Welche Karten das Leben dieser sonderbaren jungen Frau mit den dunklen Augen zuteilen mochte – sie spielt sie mit Würde.

Die Neonröhre, die über seinem Bett hing, sandte, wie Robert fand, im Krankenzimmer 339 im Klinikum Rechts der Isar ein Licht aus, das den Augen keine Besänftigung zu gestatten schien. Eine gewisse Gnadenlosigkeit lag darin. Als wäre es jemandem ausschließlich darum zu tun gewesen, die angemessene Beleuchtung für die harte Wirklichkeit zu schaffen. Die weißen Vorhänge vor den Fenstern waren zugezogen. Dahinter begann die Nacht. In der man einander, wie Robert wusste, auf zwei, drei Schritte nicht mehr erkennen konnte. Mit einer erschreckenden Kälte. Mit dem Schnee, der die ganze Stadt unter sich begrub. Mit dem Frost, der jeden Strauch, jeden Ast überzog. Mit dem Eis, von stählerner Härte. Die Kälte, die wie Jack London in seinem Roman *Wolfsblut* schrieb, »aller Bewegung Feind ist. Die das Leben hasst. Denn Leben ist Bewegung. Die das Wasser gefrieren lässt, damit es nicht ins Meer fließt. Die den Saft aus den Bäumen treibt, damit sie bis ins mächtige Mark erstarren.« Robert erinnerte sich, dass seine Mutter ihm Jack London ans

Herz gelegt hatte, als er noch ein Junge gewesen war. Und er erinnerte sich daran, was für ein großes Glück diese Bücher für ihn gewesen waren. In einem seiner Bücher hatte es ein Nachwort gegeben, das Robert besonders gut gefiel und das der Schweizer Schriftsteller Werner J. Egli verfasst hatte. In diesem Nachwort hieß es, Jack London sei am 22. November 1916 gestorben. Aber er lebe weiter. Nicht nur durch seine Geschichten. Er lebe weiter wie ein Nahual der Maya. Ein Geist, der auch ein Mensch sein könne. Oder ein Tier. Ein Halbwolf vielleicht, der immer dann erschiene, wenn man ihn bräuchte. Dieser Gedanke stimmte Robert nun fröhlich. Er dachte an den Mann in der Wirtsstube zurück, der den Wolf gesehen hatte. Vielleicht, dachte er, hatte er es bitter nötig gehabt, ihn zu sehen.

Und dann waren seine Gedanken wieder von Eis, von Schnee erfasst. Kurz kam ihm die Hypothese des Schneeballs Erde in den Sinn. Nach der während der Erdurzeit und während globaler Vereisungen die Gletscher von den Polen bis Äquatornähe reichten und die Ozeane weitestgehend zugefroren waren. Innerlich ließ er Blicke über endlose Schneeweiten wandern, und er fragte sich, wie sich die damals noch verhältnismäßig junge Erde gefühlt haben mochte in diesem allumfassenden, kalten Griff.

»Du wolltest mir noch erzählen«, sagte Annina und legte ihre Hand auf seinen Arm, »wieso du die kleinen Pillen, die uns Jahr für Jahr schlafen lassen, Rudis nennst.«

Er lag da, und die Infusion tropfte von dem am Ständer befestigten Beutel in einen Schlauch und von dort in seine rechte Hand und in ihn hinein, kalt wie geschmolzenes Eis.

»Ich kann nicht glauben, dass du die Geschichte nicht kennst«, sagte er leicht schmunzelnd. »Hier in der Gegend kann sie dir jedes Kind erzählen.«

»Nein, habe noch nie davon gehört. Klar weiß ich, dass

man sie überall anders nennt. Nachtis, Naps, Nightingales. Gnangnans in Frankreich, oder? Die Leute in der Türkei schlafen ja nicht. Aber selbst die haben einen eigenen Namen dafür. Iyi Ukykular. Was ›träum süß‹ bedeutet. Wir haben sie Peterchens genannt. Aber das war mehr so ein familiäres Ding.«

»Peterchens. Wieso das?«

»Ich weiß nicht genau. Meine Geschwister und ich, wir hatten verschiedene deutsche Patentanten und ...«

»Wie kam's dazu?«

»Was?«

»Was waren das für Patentanten?«

»Das ging von der Schule aus. Damit uns die Integration leichter fällt. Das waren Mütter von Klassenkameraden. Wir haben sie besucht. Oder sie sind bei uns vorbeigekommen. Mehrmals in der Woche. Richtig tolle Menschen waren das. Wir haben sie alle gerngehabt. Wir haben deutsche Grammatik geübt. Und sie haben uns bei den Schularbeiten geholfen. Meine Patentante war Frau Gember, eine kleine, energische Frau. Sie hat in mir auch die Begeisterung für Bücher geweckt. Wir haben sie immer zusammen gelesen. Eins davon hat mir besonders gut gefallen: *Maikäfer flieg* von Christine Nöstlinger. Das weiß ich noch. Von Frau Gember stammte der Ausdruck ›Peterchens‹. Ich glaube, es hatte was mit *Peterchens Mondfahrt* zu tun. Und ich schätze, weil unsere Familie lange nichts mit Winterschlaf am Hut hatte, wurde das Wort dann einfach übernommen.«

Sie hielt einen Moment inne, schien sich kurz in das Reich ihrer Erinnerung zurückzuziehen. Dann sagte sie: »Und deine Rudis?«

»Das sind nicht *meine* Rudis«, sagte Robert. »Ganz Bayern nennt sie so. Und zwar wegen dem ehemaligen Ingolstädter Bürgermeister Rudolf Lechner. Der hat als allererster deutscher Bürgermeister die Bewohner einer Stadt dafür begeistern wollen, Winterschlaf zu halten, und er hat die erste Tablette, die weiße, selbst live im Fernsehen eingenommen. Worauf jahrelang spekuliert wurde, wie hoch die Summe war, die er dafür von der Pharmaindustrie bekommen hat. Deswegen also Rudis.«

»Ich glaube auch«, sagte sie, »ich habe mal gehört, in Tokio nennt man sie ›feuchter Traum‹.«

Robert blickte sie an und lächelte schwach.

»Das würde Kudowski gefallen«, sagte er.

»Meinst du ...«, sagte er dann. »Meinst du, dass es ihm gutgeht?«

»Ja«, sagte sie nach einer Weile. »Ich glaube, Kudowski ist jemand, der eine Winternacht bezwingen kann.«

Robert sah hinauf zu der Schlaufe, die über ihm an einem silbernen Arm baumelte und an der man sich festhalten und hochziehen konnte. Er dachte: Um eine Winternacht zu bezwingen, was braucht man dazu? Er dachte an den Jungen, der Kudowski einmal gewesen war. Versuchte, ihn zu sehen. Den Jungen aus Berlin-Spandau. Und in seinem Kopf setzte sich jetzt zum ersten Mal all das zusammen, was Kudowski so geredet hatte. Setzte sich zusammen zu Bildern, kurzen Filmen. Die kleine Wohnung mit den gelben Tapeten, dem engen Flur, in dem eine zu große Kommode stand, dem länglichen Badezimmerfenster mit dem Riss darin, den vielen Kindern. Seine Mutter. Die so unruhige Augen hatte und kleine, eifrige Hände. Die nacheinander verschiedene Jobs annahm. Als Haushälterin, als Reinemachefrau, als Briefesortiererin, in einem Klamottengeschäft arbeitete, in einer Suppenküche, in einer Wäscherei. Den Vater, der auf dem Bau arbeitete, vor dem man auf der Hut sein musste, der Verdauungsstörungen hatte und beim Essen in der Küche furzte oder auf der Couch liegend oder wenn er mit seinen dunkelblauen Pantoffeln wie ein riesiger Schatten im Flur stand. Robert sah das Wohnzimmer vor sich, der hellste Raum dieser Wohnung, sah, wie die Kinder auf dem roten Teppich vor dem Fernseher saßen und sich *Ein Colt für alle Fälle* ansahen, Kudowskis Lieblingsserie. Sah die Basketballanlage der Wolfgang-Borchert-Oberschule, mit den vier Körben, wo kleine, fiese Geschäfte liefen. Sah, wie Kudowski unter milchig weißem Himmel versuchte, eine kleine, schief lächelnde, honigblonde, klebrigsüß duftende Schönheit zu beeindrucken. Sah Schlägereien, in die der Junge geriet und in die nicht selten auch seine Brüder eingriffen, glaubte Messer aufblitzen zu sehen. Und dann war da die Tür, die sich öffnete. Die sich immer wieder öffnete. Die einzige Tür, hinter der man sicher war. Geborgen. Sich nicht länger aufrieb, keine überschnellen Abwägungen zu machen waren, keine kritischen Situationen zu erfassen, keine Fäuste zu ballen. Die Tür zur Wohnung der Großmutter.

Eine Winternacht zu bezwingen, was braucht man dazu?

Er musste daran denken, wie er es das erste Mal mit Kudowski zu tun bekam. In der Grenzen- und Kontakt-Gruppe in Waldesruh. Er hatte ihn schon vorher ein paar Mal wahrgenommen, hatte ihn zum Beispiel in der Morgenrunde über die Rothko-Drucke schimpfen hören, die überall in der Klinik aufgehängt waren: »Das ist ja kein Wunder, dass man da schlecht draufkommt!«

Aber das erste richtige Aufeinandertreffen, das war in dieser Gruppe gewesen. Die Grenzen- und Kontakt-Gruppe hatte dreimal wöchentlich stattgefunden. In der kleinen, klinikeigenen Turnhalle. In der es immer schwül war und in der der Boden so laut knarrte. Die Therapieanwendung dauerte zweieinhalb Stunden. Es war im weitesten Sinne eine Turngruppe gewesen, an der sowohl Frauen als auch Männer teilnahmen. Aber wie der Name schon besagte, ging es darum, dass sich die Patienten intensiv mit dem Thema Kontakt auseinandersetzten. Damit, welche unterschiedlichen Formen von Kontakt es im Leben gab. Wie man Kontakt gestalten konnte. Auf welche Weise er angenehm war und wie und wodurch es kam, dass er bedrohlich zu werden schien. Robert hatte sich nach diesen zwei Stunden immer wie zerschlagen gefühlt. Immer wieder aufs Neue wurde man mit den eigenen Hemmnissen konfrontiert, den eigenen Verzweiflungen und Unzulänglichkeiten. Und nicht selten war einer der anwesenden Patienten in Tränen ausgebrochen. Es hatte verschiedene Übungen und Anwendungen gegeben, man tanzte miteinander, spielte Theater, man tat sich mit einem Partner zusammen, musste ihm zum Beispiel unter einer bestimmten Anleitung eine Massage verabreichen oder sich mit geschlossenen Augen von ihm durch die Turnhalle führen lassen. Indem er einen bei der Hand nahm oder lediglich Kommandos gab. Und einmal, als wieder eine Partnerübung anstand, war Roberts Los Kudowski gewesen. Es ging darum, dass man vor oder hinter seinem Partner Aufstellung nahm. Dass derjenige, der hinten stand, den anderen an den Schultern fasste, und dann sollte sich derjenige, der vorn stand, langsam nach hinten sinken lassen. Bis er schließlich mehr oder minder sein ganzes Gewicht den Händen des Partners überantwortete. Robert erinnerte sich daran, wie Kudowski in seinem tief ausgeschnittenen schwarzen T-Shirt, die kräftigen Arme leicht schwenkend, auf ihn zugekommen war und gesagt hatte: »Mein Lieber, du siehst aus, als würdest du dir gleich in die Hosen scheißen. Aber du brauchst keine Angst zu haben. Wir beide werden unseren Spaß haben, versprochen!«

Und den hatten sie dann tatsächlich gehabt. Er erinnerte sich daran, wie fest und warm sich Kudowskis Hände an seinen Schultern angefühlt hatten. Und wie sie beide gelacht hatten, als Kudowski vorn gewesen war und Robert es kaum geschafft hatte, ihn zu halten.

»Ach, wie herrlich«, hatte der schwere Mann gerufen, während er sich absichtlich immer tiefer und tiefer sinken ließ und Robert der Schweiß ausbrach und seine Füße ins Rutschen gerieten, »sich ganz und gar hinzugeben, auf die Kraft des anderen zu vertrauen.« Und im Anschluss hatte er ihm noch zwei, wie er meinte, »ganz einfache« Kampfgriffe gezeigt, weil er der Ansicht war: »Zu lernen, wie man kämpft, das will im Leben genauso gelernt sein, wie sich fallen zu lassen.«

Und dann erinnerte er sich daran, wie Kudowski geweint hatte. An einem Mittwochmorgen. Während einer Gruppentherapiesitzung. Als er den sechs anwesenden Patienten und der hübschen Therapeutin von seiner verstorbenen Großmutter erzählt hatte. Dieser große, breite Mann, der dasaß auf dem Buchenholzstuhl mit dem blauen Stoffbezug. Den mächtigen Oberkörper, der von einem kaum wahrnehmbaren Zittern durchlaufen war, leicht nach vorn gebeugt. Wie still er geweint hatte! Ohne einen Laut. Ohne das Gesicht mit den Händen zu verdecken. Und wie stolz er dabei ausgesehen hatte. Wie die Tränen aus dem hellen Blau seiner Augen rannen. Das Merkwürdige war – Kudowski, ausgerechnet er, der immer so stark und ungerührt schien –, er war der einzige Mann gewesen, den Robert während seiner Zeit in Waldesruh hatte Tränen vergießen sehen.

»Sag mal«, ließ sich Anninas Stimme in diesem Moment wieder in der Stille des Krankenzimmers vernehmen. *Krankenschwester Annina*, dachte er. *Kudowski, du Arschloch!*

»Sag mal, wie lebst du eigentlich so in Hamburg? Was arbeitest du? Was treibst du? Ich weiß gar nichts darüber.«

Robert wandte den Kopf zu ihr um.

»Ich bin Journalist«, sagte er. Es kam ihm so vor, als hörte sich seine Stimme krächzend an. Und außerdem nahm er mit einem Mal wahr, dass sein T-Shirt durchgeschwitzt war. Sein eigener Geruch strömte ihm in die Nase, und er ekelte sich vor sich selbst.

»Oder besser gesagt«, fügte er langsam und mit Mühe hinzu, »ich war es. Zuletzt habe ich eine befristete Anstellung beim *Hamburger Abendblatt* gehabt. Habe kleinere Berichte geschrieben. Über Datenklau an Geldautomaten und solche Sachen.«

»Hört sich doch gut an. Hat's dir Spaß gemacht?«

»Es ist immer mein Traum gewesen, Reporter zu sein«, sagte er. »Schon als Kind.«

»Und was ist passiert? Ist er zerplatzt?«

»Schätze schon. Ich weiß nicht, ob ich darüber reden will.«

»Versuch's doch einfach«, sagte sie. Und redete einfach weiter: »Wie kam's dazu? Fiese Mitarbeiter? Intrigen?«

»Nein, das war es nicht.« Er überlegte sehr lange. Dann sagte er: »Weißt du, ich bin täglich in die Redaktion gegangen und habe versucht, mich mit allem, was ich hatte, meiner ganzen Kraft, dem Leben anzunähern. Wie es in dem Gedicht von Pablo Neruda heißt: ... *ich ging auf den Spuren meines Lebens, Kleider und Planeten wechselnd* ... Aber ich glaube, ich habe meine Sache eher schlecht gemacht. Ganz schnell ist es mir so vorgekommen, als würde ich auf allen Wegen, die durch die Tage führten, auf den Straßen, in einer Tasse Kaffee, in allen Pfützen, auf den U-Bahn-Gleisen etwas wahrnehmen, einen matten Glanz, der zu bedeuten schien: Du schaffst es nicht. Du wirst nie so sein, wie du es dir erträumt hast. Was in meinem Fall vielleicht heißt: nie so lässig, nie so souverän, so spitzfindig, so klug. Und dann kam noch eine zweite Sache dazu. In meinem von der Erinnerung umhegten Idyll in Bayern, wo ich oben im Arbeitszimmer meines Vaters oft ganze Nachmittage und Abende hindurch geschrieben habe, an dem Schreibtisch aus Eichenholz, unter dem schrägen Fenster, gegen das der Regen manchmal so hübsch getrommelt hat, und später, als ich Artikel für die Schülerzeitung geschrieben habe – einmal habe ich sogar meine Mutter interviewt, weiß ich noch, das war vielleicht lächerlich! – oder als angehender Abiturient, der einen Literaturkreis ins Leben gerufen hat: Während dieser ganzen Zeit habe ich nie viel von mir gehalten, aber ich habe immer geglaubt, dass ich ein verdammt guter Schreiber bin oder es zumindest werden könnte. Und als ich dann in Hamburg war, auf der Journalistenschule, dort sogar recht schnell Fuß gefasst habe, Angebote bekam und all das, und schließlich beim *Abendblatt* gelandet bin – da war für mich klar, dass dem nicht so ist. Nicht im Mindesten. Dass mein Schreiben in Wahrheit erbärmlich ist. Wie eine dünne Schale um einen leeren Raum.«

»Hat man dir das gesagt?«

»Ich selbst habe es mir gesagt.«

»Und wie bist du darauf gekommen?«

»Was weiß ich«, sagte er. »Schätze, es hatte damit zu tun, dass ich viel gelesen habe. Dass ich gesehen habe, mit welcher Könnerschaft und mit welchem unbändigen Mut manche Menschen über die Welt und die Geschehnisse berichten. Vielleicht ist es das. Dass ich weder genug Können besitze noch genügend Mut aufbringen kann, um mir selbst und einem Montagmorgen ins Gesicht zu schauen. Geschweige denn, davon zu berichten.«

Sie blickte ihn an, neigte den Kopf ein wenig zur Seite. Eine Haarsträhne fiel über eins ihrer Augen. Sie strich sie zurück.

»Ich weiß nicht so viel darüber«, sagte sie. »Aber ich weiß, dass immer jemand da ist, der was besser kann als ich selbst. Und auch immer jemand, der es weniger gut kann. Ich für meinen Teil habe, wie ich ja schon häufiger erzählt habe, in meinem Leben schon alles Mögliche gemacht. Einmal habe ich sogar in Hamburg gewohnt, wusstest du das? In der Großen Rainstraße in Altona. Da habe ich für die Hamburger Haus- und Heimküche gearbeitet und bin mit einem weißen Golf in der Stadt herumgefahren und habe älteren Damen und Herren ein Mittagessen gebracht. Und dann hat's mich nach Göttingen verschlagen, und jetzt arbeite ich an einer Tankstelle. An der malerischen A7. Ich bin also bestimmt nicht eine, die den Dreh raushat. Wenn's darum geht, Geduld mit dem Leben zu haben. Nachsicht, wenn man so will. Ich denke aber, dass es wichtig ist, dass wir überhaupt was tun. Und zwar anhand der Möglichkeiten, die uns gegeben sind. Mehr ist nicht drin. Manchmal, wenn's mir schlecht geht, denke ich an einen Satz von Mutter Teresa. Die ja selbst auch viele Zweifel gehabt hat. Und der hilft mir dann immer ein bisschen. Sie hat gesagt: Wir können keine großen Dinge im Leben tun. Nur kleine Dinge. Aber mit großer Liebe.«

Für einen Moment kam es ihm so vor, als leuchteten ihre Augen kurz hell auf. Als hätte jemand Sherry darübergegossen. Dann verdunkelten sie sich wieder. Sie lehnte sich auf ihrem Stuhl zurück. Nestelte am Saum ihres Pullovers. Sie sah auf einmal fahrig und ängstlich aus. Sie schien sich innerlich für etwas zu rüsten.

Dann begann sie wieder ganz langsam zu reden, und die Lücken, die sie ließ, füllten sich noch, während sie sprach: »Ich habe einen Menschen gekannt. Eine junge Frau. Tanja. Sie war Fußballerin. Torfrau beim Hamburger SV, in der ersten Bundesliga. Einmal hat es ein Pokalspiel gegeben. Gegen den FFC Wacker München. Ein schwaches Team, hat in einer der unteren Ligen gespielt. Der HSV war Favorit. Das Spiel hat stattgefunden an ... an einem Tag Ende September. Es war ein wolkiger Tag, und es hat heftig gestürmt. Daran kann ich mich noch gut erinnern. Ich habe es immer gern gemocht, wenn es windet. Sehr sogar. Habe es genossen, mich gegen den Wind zu stemmen, mich mit meinem Körper in ihn hineinsinken zu lassen und so. Seine Kraft zu spüren. Aber seit diesem Tag ... seither werde ich immer unruhig, wenn es stürmt.« Sie zuckte traurig mit den Achseln. Schloss für einen Moment die Augen und berührte mit zwei Fingern die Nasenwurzel.

Dann fuhr sie fort: »Ich bin zu dem Spiel hingegangen. Es ist Zufall, ich bin nicht zu jedem gegangen. Es waren kaum Menschen da. Wie das fast immer so ist bei Damenspielen. Vielleicht eine Handvoll. Aber ausgerechnet an diesem Tag war noch ihre kleine Cousine mit dabei. Paulina. Sie war ungefähr acht. Ein Mädchen mit braunen Locken und einer süßen Stupsnase. Ich habe auf sie aufgepasst. Es war sogar mein Vorschlag gewesen. Ich habe sie abgeholt, und dann sind wir mit der U-Bahn zum Spiel gefahren. An Hagenbecks Tierpark vorbei und so. Und als das Spiel losging, haben wir ganz nah am Spielfeldrand gesessen. Auf einer Steinstufe. Paulina saß auf meiner Jacke. Ich weiß noch, dass ich gesagt habe: Du kriegst sonst 'nen kalten Hintern. Es war noch in der ersten Halbzeit, es stand schon zwei zu null. Wacker hat fast nie angegriffen. Dann aber hat es von rechts eine Flanke in den Strafraum gegeben. Tanja hat versucht, den Ball mit den Händen zu fangen, eine Stürmerin stieg hoch. Und dann sind zwei Köpfe gegeneinandergeprallt. Weißt du, noch heute höre ich manchmal diese kleine Kinderstimme, die mit heiserer Besorgnis gefragt hat: Warum steht sie denn nicht auf?«

Sie schwieg lange. Plötzlich sah Robert Tränen an ihren Wimpern aufblitzen. Sie sagte: »Später hat es geheißen, dass sie noch an Ort und Stelle gestorben ist.«

Er hatte ihr Gesicht noch nie von einer solchen Einsamkeit berührt gesehen.

Sie wischte sich rasch mit beiden Händen die Tränen aus dem Gesicht, bevor sie weitersprach: »Eines Tages, als Tanja schon länger gestorben war, bin ich zu ihrer Mutter gefahren. Ich wusste, dass in dem Haus, in dem die Mutter lebte, auf dem Land, noch ihr altes Kinderzimmer existierte. Und ich hatte den Wunsch, es zu sehen. Die Mutter war freundlich und erlaubte mir hineinzugehen. Es war im ersten Stock. Ein kleines Zimmer. Anheimelnd. Eigentlich nur mit einem Schreibtisch und einem schmalen Bett darin. Alles schön hergerichtet, als wäre das Kind, das darin schläft, nur für eine Woche verreist und nicht erwachsen geworden und jäh gestorben. Draußen vor dem Fenster hat die Sonne durch die Blätter einer Birke geschienen. Ich habe ein paar Schritte gemacht. Mich umgesehen. Auf einem Regalbrett habe ich kleine, übereinandergestapelte Notizhefte entdeckt. DIN A5, wie Vokabelhefte. Und auf dem obersten stand etwas in schöner Schreibschrift zu lesen. Ich weiß noch: Als ich es in die Hand nahm, hat die geschriebene Zeile anfangs noch etwas vor meinen Augen gezittert. Dann las ich: Momente der Geborgenheit. Ich habe mich aufs Bett gesetzt und lange Zeit in diesem Notizheft geblättert. Anscheinend hatte sie in einer bestimmten Phase ihres Lebens, als Teenager, immer wieder das Bedürfnis gehabt, etwas festzuhalten. Gedanken, Anekdoten, Erinnerungen. Und immer hat es sich darum gedreht, wann und wodurch man sich im Leben geborgen fühlt. Ich werde diesen Moment, in dem ich dort auf dem Bett, auf der himmelblauen Bettdecke gesessen habe, nie vergessen. Zum einen war da diese Traurigkeit, weil Tanja einfach nicht mehr da war, und zum anderen der Trost, den man gespürt hat, weil man Zeile um Zeile lesen konnte, dass dieser Mensch in seinem Leben glücklich gewesen ist. Und sei es auch nur für Momente. Und ich weiß noch, dass ich darüber nachgedacht habe, wieso es so ist, dass wir den schlimmen Momenten immer mehr Aufmerksamkeit schenken als den schönen, ihnen sogar auf gewisse Weise mehr Glauben schenken. So wie es für mich auch leichter zu glauben ist, wenn etwas Schlechtes über mich gesagt wird, als wenn jemand mir ein Kompliment macht.«

Nun sah Anninas Gesicht wieder ein wenig fröhlicher aus, und sie neigte sich erneut nach vorn und strich Robert mit den Fingern über den Arm. Ihr Duft streifte ihn. Ein würziger, geheimnisvoller Duft.

»Glaubst du mir«, meinte er, »wenn ich dir sage, wie sehr es mich freut, dass du da bist?«

Die beiden tauschten ein Lächeln. Dann wandte Robert seinen Blick nach rechts. Zu dem zweiten Bett hinüber. Das im Halbdunkel lag. Ein Mann lag darin und schlief. Seine Arme waren gerade und über der Decke ausgestreckt. Seine Brust, auf der eine ausgebreitete Zeitschrift lag, hob und senkte sich. Sacht.

Momente der Geborgenheit

Annina

Meine Geschwister und ich haben vonseiten meiner Eltern keine allzu große religiöse Strenge erfahren. Natürlich war unsere Kindheit auf mancherlei Weise von der Hingabe an Allah geprägt. Aber wir hatten viele Freiheiten. Wir durften unsere eigenen Blicke in die Welt werfen, uns auf eigene Weise dem Glauben nähern. Was ich für meinen Teil auch tat. Ich glaube, für meine Eltern war es letzten Endes nur wichtig, dass wir überhaupt an etwas geglaubt haben. Sie waren in ihrem Denken nicht so verbohrt wie einige meiner Landsleute. Wofür ich ihnen von Herzen dankbar bin. Im Fastenmonat zum Beispiel habe ich unter der Woche immer etwas gegessen, wenn ich Hunger hatte. An den Wochenenden dagegen hielt ich das Gebot ein. Das ist auch heute noch so. Eines allerdings war für uns Kinder festgelegt: Wir mussten neben dem deutschen Schulunterricht auch jeden Sonntag von neun bis dreizehn Uhr die Koranschule aufsuchen. Weder meine Mutter noch mein Vater besaßen einen Führerschein. Deshalb sind wir immer mit dem Bus hingefahren. An den allerersten beiden Sonntagen hat uns unsere Mutter noch begleitet. Weiß ich noch. Später dann nicht mehr. Ich kann mich daran erinnern – der erste Gedanke, den man am Sonntagmorgen im Bett hatte, wenn der Wecker klingelte, war: Ach du Scheiße! Und dass es alles andere als leicht war, sich nach einer harten Schulwoche aufzurappeln, in den kühlen, totenstillen Sonntagmorgen hinauszumarschieren und in den Bus zu steigen. Ich war zehn, als für mich die Koranschule begann. Im ersten Jahr habe ich mich zusammen mit meinen ein und zwei Jahre älteren Schwestern aufgemacht. Mein Bruder stieß erst ein wenig später zu uns. Wir sind damals zu einem kleinen islamischen Gemeindezentrum gefahren, das ungefähr sechs Kilometer von unserem Zuhause entfernt war und wo alle Kinder zusammen Unterricht hatten. Wir haben in einem Raum mit niedriger Decke auf dem jeden Laut erstickenden Teppichboden gesessen. Die Jungen rechts, die Mädchen links. Jedes Kind hatte eine kleine hölzerne Buchablage vor sich, auf der sich der geöffnete Koran oder ein Gebetbuch befand. Und natürlich ist einem dauernd der Fuß eingeschlafen.

Als ich fünfzehn war, ging es dann zu einem anderen Gemeindezentrum. Einem viel größeren, in das eine eigene Moschee integriert war. Mit weißer Fassade und einem Minarett, das ein kupfernes Dach hatte. Die Busfahrt dorthin dauerte länger, und wir mussten ein Mal umsteigen. Ich sehe den weiß gefliesten Eingangsbereich dieses zweiten Gemeindezentrums noch vor mir. Und die langen Gänge, mit rotem Teppich bedeckt. An der Decke hingen prächtige Kronleuchter, die ein strahlendes Licht abgegeben haben. Ein Licht, das die Erinnerung an diese Sonntage vollkommen ausfüllt. Ich weiß, dass wir häufig hochgesprungen sind und versucht haben, die Spitze eines dieser Kronleuchter anzutippen. Im Erdgeschoss des Gemeindezentrums war das Büro des Vorstands, die Privatwohnung eines Gelehrten, eine Bücherei, eine Cafeteria, die allerdings nur Männer aufsuchen durften, und ein kleines Geschäft, in dem wir uns Süßigkeiten kauften. Im ersten Stock war der Eingang zur Moschee, und da waren die Unterrichtsräume für die Mädchen. Und im zweiten Stock waren die für die Jungen. Die Unterrichtsräume glichen denen in deutschen Schulen. Man saß nicht auf dem Boden, sondern an Tischen. Und es hat auch eine Tafel gegeben. Ich weiß noch, dass wir immer Hausaufgaben aufbekamen. Und dass ich Verse auswendig lernen und vor der Klasse aufsagen musste, die ich nicht recht kapierte. Die Tatsache, dass ich sie nicht kapierte, hat mir aber nichts ausgemacht. Die Verse schienen von einer enormen Kraft durchdrungen zu sein. Und es kam einem gleichzeitig vor, als würde sich diese, sobald einem die Laute über die Lippen kamen, im eigenen Körper freisetzen.

Ich habe mich dafür entschieden, ein westliches Leben zu führen. Mit allem, was das heißt. Auch den Schwierigkeiten. Dessen ungeachtet empfinde ich die Zeit, die ich in der Koranschule verbrachte, als kostbar. Unter anderem, weil durch sie stetig das Bewusstsein in mir wachgehalten wurde, dass mein Herz nicht nur dort, wo ich groß geworden bin, schlug. Sondern gleichzeitig auch in der Weite einer ganz anderen Welt.

Und sehr häufig kommen mir die Momente in den Sinn, in denen ich mich an den Sonntagen zusammen mit den Geschwistern aufgemacht habe. Es war so ein schönes Gefühl, dass man nicht allein war. Dass man zusammengehörte. Dass man schon ein bisschen erwachsen war. Erwachsen? Ach was, von wegen. Im Bus sind wir immer in die Mitte gegangen, auf diese runde Plattform, die sich während der Fahrt permanent bewegt. Jeder hat sich auf ein Bein gestellt. Und derjenige, der sein zweites Bein aufsetzte, der hatte verloren.

Robert

Meinen Vater muss man sich so vorstellen: ein kleiner, robuster Bayer mit einem in der Mitte von einer Kerbe in zwei runde Hügelchen geteilten Kinn, einem strubbeligen Bart, kurzen, wie schlafzerwühlten Haaren, neugierig dreinblickenden Augen und mit recht dicken Oberschenkeln. Bis vor kurzem ist er noch Sportlehrer gewesen. Ehe der Krebs ihn zum Aufhören zwang. An unserer Hauptschule in Waldram. Und er wurde von seinen Schülern immer nur Kartoffel-Tony genannt. Es hieß: *Hast schon gehört? Heute fällt Geschichte aus, und wir haben drei Stunden beim Kartoffel-Tony.* Oder: *Dann läufst halt schnell rüber zum Kartoffel-Tony und sagst ihm, dass du heute zur Schülersprecher-Versammlung musst.*

Er wurde deshalb so genannt, da er, wenn es im Sportunterricht darum ging, Mannschaften zu bilden, nie das übliche Auswahlverfahren duldete, bei dem immer die guten Sportler herausgepickt werden und die schlechten am Ende dumm aus der Wäsche schauen. Er sagte immer, die Mannschaften müssen fair verteilt sein. Zu den Guten müssen auch immer ein paar Kartoffeln kommen. Kartoffeln, das waren für ihn die Schüler, über die sich mit Fug und Recht sagen ließ, dass Sport nicht zu ihren besten Fächern zählte. Mein Vater unterrichtete übrigens auch noch Geographie. Aber es war klar: Der Geographie-Lehrer in ihm hat nie die nötige Kondition gehabt, um mit dem Sportlehrer Schritt zu halten. Seine größte Leidenschaft galt dem Fußball. Und er hat es geliebt, Turniere zu organisieren. Turniere auf Sportplätzen, in Parks, in Hallen und Hinterhöfen. Ließ Klassen gegeneinander antreten. Schulen gegen Schulen. Buben gegen Mädchen, Menschen mit Behinderungen gegen Menschen ohne Behinderungen – oder über die es zumindest hieß, dass sie keine hätten. Ich kann mich noch gut daran erinnern, wie er sich ganze Nachmittage und Abende lang in sein Arbeitszimmer zurückzog, um einen Spielplan zu entwerfen. Und er ist dabei immer so zu Werke gegangen, dass er ein sehr großes, farbiges Papier mit Tesastreifen an der Wand befestigte, um darauf zu schreiben. Meine Mutter hat sich dann bei ihm beschwert, weil sie fürchtete, der Tesastreifen könnte der Wand Schaden zufügen. »Ich pass schon auf!«, hat er ihr entgegnet, und beim nächsten Mal ist alles auf die gleiche Weise abgelaufen. Um Turniere zu organisieren, hat mein Vater mit Ortsvorstehern telefoniert. Mit Menschen gestritten, die in Gemeinderäten saßen. Hat bei Sportausrüstern angefragt, ob sie Trikots zur Verfügung stellen. Hat beim »Pokale Henrichs« in Wolfratshausen Siegertrophäen gekauft und beim »Papier Heinemann« Urkunden anfertigen lassen. Und meistens ging das halbe Wochenende in die Binsen, weil unsere ganze Familie in der Früh aufstehen und an einem Fußballturnier teilnehmen musste. Oder dazu angehalten war, bei einem zuzusehen. Das heißt, nicht wirklich die ganze Familie. Meine Mutter schlief aus und ist zu Hause geblieben. Und arbeitete in ihrem Atelier, das ein Holzhaus in unserem Garten war. Um dessen Planung und Erbauung sich auch mein Vater gekümmert hatte. Später bereitete sie dann ein Mahl. Das die große Schar der Heimkehrer am Abend verschlang.

Wir sind immer im rappelvollen Volvo Kombi zu den Turnieren gefahren. Und der Bernhardiner-Mischling Tronje war auch mit dabei. Er ist im Kofferraum gewesen, hat sich aber zu uns nach vorn gebeugt, sodass er kein Hund mehr war, sondern ein ganz normaler Beifahrer. Und er hat ganz würdevoll und ernst dreingeschaut, als wäre er von meinem Vater im Hinblick auf das Tunier, zu dem wir unterwegs waren, mit einer ganz besonderen Aufgabe betraut worden.

Ich selbst habe auf dem Fußballfeld eine klägliche Figur

abgegeben. Ganz im Gegensatz zu meinen beiden Brüdern, die hervorragend spielten. Ich bin immer ein wenig eifersüchtig auf sie gewesen. Nicht zuletzt deshalb, weil sie des Sports wegen auch einen besseren Draht zu meinem Vater zu haben schienen. Sie sahen sich auch jeden Samstag mit ihm zusammen die *Sportschau* an, und manchmal fuhren sie miteinander ins Stadion, um den FC Bayern spielen zu sehen. Ich hätte sicher auch mitgehen können. Aber ich spürte, dass etwas, das die drei miteinander teilten und das zum Beispiel im hellen Strahlen ihrer Augen seinen Ausdruck fand, unter meiner Einwirkung ein kleines bisschen gelitten hätte.

Ich glaube, mein Vater hat mich in gewisser Weise als eine Art Sorgenkind angesehen. Als jemand, der ihm ein wenig zu zögerlich, zu zittrig agierte. Und hin und wieder, wenn wir beide allein waren, dann kam es mir so vor, als würde, wenn man so will, das Zittrige und Zögerliche in mir bei ihm etwas ganz Ähnliches hervorrufen. Auf einmal schien er sich nicht mehr sicher zu sein, wie er mir begegnen sollte. Und immer, wenn das so war, hatte ich das Gefühl, dass er sich maßlos ärgerte. Über mich. Vor allem aber über sich selbst.

Ein einziges Mal bin ich nahe dran gewesen, ein Tor zu schießen. Das war ausgerechnet bei einem Vater-und-Sohn-Turnier, an dem, wie der Name schon besagt, nur Väter mit ihren Söhnen teilnahmen und das an einem Sonntag unter leuchtend blauem Augusthimmel in Hohenschäftlarn stattfand. Gespielt wurde auf drei kleinen, abgesteckten Spielfeldern, in der Nähe des großen Klosters.

Ich habe einen flachen, nicht besonders festen Schuss abgegeben. Der Ball klatschte gegen den linken Pfosten, kullerte an der Torlinie entlang, berührte den rechten Pfosten und sprang ins Aus. Und ich werde nie vergessen, wie mein Vater umgehend, von rechts kommend, zu mir gelaufen kam, mit seinem schweißnassen Trikot, das an seiner Haut klebte und das im Sonnenlicht leuchtete. Wie er mich angelacht hat. Und wie er mich in den Arm nahm und sagte: »Mei, Breze, das war knapp!«

Kudowski

Freunde, ihr werdet über mich herfallen: Mein nächster Moment der Geborgenheit ist ein Hintern. Ein wohlgeformter, fester, knackiger Apfelpo. Oder anders gesagt: der schönste Arsch, der sich überhaupt denken lässt. Und Denken ist ein gutes Stichwort. Denn man muss sagen, er beherrschte das meine vollkommen. Über den gesamten Zeitraum, in dem diese Frau bei mir war und sich ihr Hintern auf meiner Umlaufbahn bewegte und hin und her wackelte und natürlich noch darüber hinaus. Ich weiß noch, wie ich immer in der Bibliothek gesessen und versucht habe, Kriminalistik zu pauken, und wie dann immer wieder dieser braun gebrannte und nass glänzende Hintern vor meinem inneren Auge aufgetaucht ist. Mit dem gelben, hauchdünnen Tangastoff zwischen den Arschbacken. Und wie ich mit den Zähnen knirschte, weil ich am liebsten sofort hineingebissen hätte. Wenn man's genau bedenkt, ist es ja kein Wunder, dass ... Ach, lassen wir das. Ich kann mich natürlich noch genau daran erinnern, wie er gerochen hat. Fremdartig, wie die Luft irgendwo in einem entlegenen Teil der Erde riechen mag. Würzig. Süß und hölzern. Nach Patschuli. Und auf eine alle Sinne aufstachelnde Art und Weise derb. Die Frau, der dieser Hintern gehörte, war halb Vietnamesin und halb Deutsche. Sie hatte asiatisch geschnittene Augen und ein sehr süßes, kleines Lächeln, das einem auf der Haut prickelte. Sie war angehende Dolmetscherin und ziemlich klug. Und ich war eine

Zeitlang der Typ, über den alle sagten: Was zum Teufel will eine solche Frau denn mit *dem?* Ich weiß auch nicht genau, was sie an mir fand. Jedenfalls mochte sie mich irgendwie und blieb bei mir. Zumindest eine kleine herrliche Weile. Bis sie sich so richtig in einen anderen Typen verknallt hat, einen Miniaturmaler, der wiederum nichts von ihr wollte, der Idiot. Aber das ist eine andere Geschichte.

Mir ist jedenfalls noch lebhaft in Erinnerung, wie ich morgens aufgewacht bin und wie sie ihren Arsch an meinem Schoß gerieben hat. Man hat sich auf eine enorm stimulierende Weise durchwärmt und wohl gefühlt. Der Tag konnte einem nichts anhaben. Mit anderen Worten: Man war glücklich. Und gleichzeitig ist man auch so stolz gewesen. Weil eine so heiße Braut mit einem solchen Arsch bei einem lag. Könnt ihr das nachvollziehen?

VIERTES HEFT

Schaust du auf die Wolke

»Hallo, Papa.«

»Ja, Bertl!«, erklang die Stimme, die wie ein Flüstern war.

»Was machst du denn hier? Ich hab gedacht, du bist in der Klinik. Und ... und schläfst.«

»Das Erste stimmt ja auch. Nur dass ich jetzt *hier* in der Klinik bin.«

»Wieso das?«

»Papa, das ist eine lange Geschichte.«

»Breze, du schaust schlecht aus.«

»Ja, Papa, du auch.«

»Mag sein«, sagte er. »Jetzt bin ich natürlich schon recht enttäuscht. Ich habe gedacht, ich hätt da momentan in unserer Familie das Monopol drauf.«

»Du weißt doch, wie das ist. Ein Monopol gibt's nicht so schnell.«

Robert blickte seinen Vater an, der in seinem Bett lag. Seine Hände waren unter der weißen Decke. Die Decke war bis zu seiner Brust hochgezogen. Und das Kopfteil des Bettes ragte ein wenig in die Höhe. Für einige Sekunden kam es ihm jetzt so vor, als würde er noch einmal erleben, wie er mit dem Fingerknöchel an die Tür des Krankenzimmers geklopft hatte. Und als keine Reaktion erfolgte, die Tür geöffnet und langsam seinen Infusionsständer in den Raum hineingeschoben hatte. Was ihm Schwierigkeiten bereitete. Da sich die kleinen Räder dauernd in verschiedene Richtungen drehten. Wie er einmal mehr diesen Geruch atmete, der in allen Krankenzimmern schwebte. Nach weichgekochtem Essen. Nach Bodenputzmittel. Nach Desinfektion. Nach Urin. Nach den vielen tapferen Versuchen, zu lächeln. Nach feuchter Ungemütlichkeit. Wie sein Blick als Erstes auf den viereckigen Tisch fiel, der in der rechten Ecke des Raumes stand, nahe der Fensterfront. Hinter der aus tiefer Bläue die Morgendämmerung heraufkam. Mit einem Tischläufer aus Papier und einer taillierten Vase darauf, aus der sich eine Rose streckte. Wie seine Augen das erste Bett, in dem niemand lag, übergingen und sich dem zweiten Bett zuwandten, in dem sie den Vater entdeckten. Auf dem Rücken liegend. In seinem dunkelblauen Pyjama, den Robert kannte. Den er Jahre zuvor zusammen mit der Mutter ausgesucht hatte. Hier in München. In einem kleinen Geschäft, nahe dem Rathaus. Wie es ihm rasch durch den Kopf ging, dass das an einem Tag gewesen war, an dem er mit dem Lachmeyer Tom und zwei Mädchen beim Greiner Andreas hatte übernachten wollen. Aber nicht durfte. Der Pyjama, der seinem Vater immer gut gestanden hatte. In dem sich der magere Körper jetzt zu verlieren schien. Seine Haut, wie verblichenes Papier. Sein ruhiges, gefasstes Gesicht. Sein Bart, dessen ehemals dunkle, lebendige Farbe wie aufgezehrt zu sein schien. Die Beatmungsschläuche, die von einem an der Stirnseite seines Bettes in die Wand eingelassenen Sauerstoffgerät zu seinen Nasenlöchern führten. Und dazu das leise blubbernde Geräusch, welches das Gerät von sich gab und das nach und nach in seinen Ohren lauter zu werden begann.

»Und wie geht's der Mama?«, fragte er.

»Gut so weit. Sie schläft.«

»Hat sie nicht auch wach bleiben wollen?«

»Freilich hat sie gewollt. Aber ich hab gesagt, dass das ein Schmarrn ist. Jeden Tag da herumzusitzen.«

»Also hat sie dann nachgegeben?«

»Es ist besser für sie.«

»Und die Mädels?«

»Schlafen.«

»Der Matthias? Der Jurek?«

»An Weihnachten warn's ja da. Der Matthias ist wieder zurück nach England. Der Jurek ist bei der Mama geblieben. Hat gesagt, es ist ja wurscht, wo er schläft.« Diesem Satz folgte eine Pause. Dann sagte er: »Wär's für dich nicht auch besser gewesen?«

»Was denn?«

»Winterschlaf?«

»Nein, ich wollt dich sehen.«

»Und deswegen hast dich gleich hier einliefern lassen oder was?«

»Nein, ich bin unterwegs ein bisschen zusammengesackt. Weil ich wieder nichts gegessen habe und so. Aber mir geht's schon wieder besser. Papa, ich wollte dir was erzählen.«

»Was denn?«

Robert blickte aus dem Fenster. Der Mond war noch zu sehen. Aber es würde nicht mehr lange dauern, bis der Morgen ihn fortsandte. Von einem Baum löste sich ein Vogel, schüttelte Schnee herunter. Wie weißer Staub rieselte er lange herab. Dann standen plötzlich verschiedene Bilder vor seinen Augen. Von einem Besuch seiner Eltern in Hamburg. Das war noch gar nicht so lange her. Ein halbes Jahr vielleicht. Er sah seinen Vater, wie er in seiner Wohnung auf einem Stuhl stand und eine Glühbirne auswechselte. Dann, wie er die weiße Couch auszog, damit die beiden darauf schlafen konnten. Wie sie zu dritt an einem recht kühlen, windigen

Sommernachmittag in Hamburg-Wittenbergen am Sandstrand spazieren gingen und den kleinen Leuchtturm bewunderten. Wie sie in der Springer-Kantine zu Mittag aßen, die seiner Mutter aus unerfindlichen Gründen so gut gefiel. Wie sie in das altmodische Flair, die gediegene Behaglichkeit des Café Paris in der Innenstadt einkehrten. Mit der offenen Bar, den umhereilenden, beschürzten Kellnerinnen und Kellnern, den Tischen aus dunklem Holz, den mit grünem Leder überzogenen Sitzbänken, der Tafel, auf der die Tagesempfehlungen standen, der gefliesten Decke mit dem Fresko. Und er wunderte sich, dass er ausgerechnet *daran* dachte. Da er seinen Vater im Geiste eigentlich nur schwerlich mit seinem Hamburger Leben in Verbindung bringen konnte und ganz andere Orte mit ihm assoziierte. Und er versuchte sie nun alle ins Gedächtnis zurückzurufen. Den Garten in Waldram, in dem sie Boccia gespielt hatten, zum Beispiel. Seinen Werkraum unten im Keller. Die Wälder, das Isarufer, das schreckliche Lehrerzimmer, in dem sich Robert selbst als Kind ungern aufgehalten hatte, die Hundewiese, den Schlittenhügel in Icking, diverse Wanderwege, das Murnauer Moos, die Wolfsschlucht, Brauneck, die Partnachklamm und natürlich den Fußballplatz. Aber er tat sich schwer damit, diese Bilder zu bewahren. Jedes tauchte nur sehr kurz auf, und dann wurden alle Linien und Umrisse und alle Farben fortgerissen.

Er wandte sich wieder zu seinem Vater um, der ihn aus dem Bett heraus ansah.

»Dort in der Klinik in Göttingen«, begann Robert, »da hat's eine kleine Turnhalle gegeben. Und ein paar Leute und ich haben da ab und zu abends Fußball gespielt. Und einmal, da hab ich ... ein Tor geschossen. Das wollt ich dir unbedingt sagen. Weil ich doch ... noch nie eins geschossen habe. Und ich habe gedacht, das freut dich vielleicht.«

Er blickte den Vater an, und mit einem Mal kam er sich

entsetzlich lächerlich vor. Wie er dastand. Vor dem Bett, in dem der Vater lag und bald sterben würde. In einen zu großen, von dem Gefährten, mit dem er sein Krankenzimmer teilte, ausgeborgten Morgenmantel gehüllt, mit dem Infusionsständer, um den sich die Finger seiner linken Hand krümmten, und er erzählte die dämlichste Geschichte, die die Welt je gehört hatte. Hatte er tatsächlich geglaubt, damit irgendwas zu bewirken oder gar zu verändern? War er wirklich so bescheuert gewesen? Und alles, was er in diesem Augenblick verkörperte – sein kränkelnder Zustand, sein elender, ausgemergelter Körper –, war doch viel eher dafür geschaffen, den Vater zu erschüttern, als ihn, auf welche Weise auch immer, zu erfreuen.

Aber da sagte der Vater: »Mei, Breze. Das freut mich. Das freut mich wirklich. Das ist ja toll. Und du bist extra hergekommen, um mir das zu sagen?«

Robert nickte.

»War's ein Abstauber, oder?« Die kleinen, blauen Augen des Vaters schienen jetzt kurz aufzublitzen. Genauso wie sie früher durch Roberts Kindheit geblitzt hatten.

»Nein«, entgegnete dieser und lächelte. »Es war kein Abstauber. Ins rechte Kreuzeck hab ich geschossen.«

»Ins Kreuzeck? Aus dir kann noch mal was werden. Magst mir erzählen, wie der Spielzug war?«

»Du weißt ja, wie das in der Halle ist«, sagte Robert. »Mit der Bande und so. Einer hat den Ball seitlich nach vorn gehauen, sozusagen an der Außenlinie entlang, und ein anderer hat ihn dann gegen die Wand gedroschen. Und von dort ist er halbhoch zurück ins Feld gesprungen, ziemlich genau in die Mitte, direkt vor meine Füße. Und dann hab ich draufgeschossen.«

Während Robert redete, schien der Vater ein wenig wegzudösen. Und zum ersten Mal, seit er dieses Zimmer betreten hatte, war die Traurigkeit da. Er spürte, wie sie sich in ihm ansammelte, wie sie den Raum und alles darin mit einem Schleier überzog. Er schluckte.

»Papa?«

Er trat näher, setzte sich vorsichtig auf den Rand des Bettes, strich mit der Hand, in der keine Nadel steckte, sacht über die Bettdecke.

»Es tut mir so leid«, sagte er.

Sein Vater schlug die Augen auf. Zog seine rechte Hand, an deren Knochen die Haut faltig klebte, langsam unter der Decke hervor und legte sie auf die seines Sohnes. Robert war überrascht darüber, dass sie nicht kalt, sondern warm war.

»Ist schon gut. Alles ist gut, Breze.«

Für einen Moment herrschte Schweigen zwischen ihnen. Und Robert hörte eine Krankenschwester in ihren Schlappen am Zimmer vorübereilen. Sie rief etwas, und dann wurde geräuschvoll eine Tür geöffnet.

Schließlich sagte der Vater, dessen Augen wieder geschlossen waren: »Vielleicht solltest du, wenn du hier rauskommst, mal in die Theatinerkirche gehen.«

»Wieso das?«

»Hast es nicht gehört? Die hat geöffnet. Obwohl Winterschlaf ist. Und der Gottesdienst findet statt, wie immer. Soll was ganz Außergewöhnliches sein. Hat Krach gegeben, aber der Kirchenrektor, ich weiß nimmer, wie er heißt, Niederkirchner, glaub ich, hat gesagt, die Kirche bleibt offen. Der liebe Gott schläft nicht.«

Robert merkte, wie sehr es seinen Vater jetzt anstrengte, zu sprechen. Und wie er gleichzeitig versuchte, jeden kleinen Rest Energie in seinem Körper zu bewahren.

Er dachte über den Satz nach: Der liebe Gott schläft nicht. Vielleicht, sagte er sich. Vielleicht ist das wahr.

»Papa, ich glaub, ich werd jetzt aufbrechen.«

»Ja, ich bin ein bisserl müde. Tut mir leid. Aber ich hab mich darüber gefreut, dass du gekommen bist. Sehr.«

»Mich hat's auch gefreut ... Mach's gut, Papa.«

Robert erhob sich. Kurz bevor er, den Infusionsständer hinter sich herziehend, dessen widerspenstige Räder leise über den blankgewischten PVC-Boden rollten, die Tür erreicht hatte, vernahm er noch einmal die flüsternde Stimme:

»Du, Bertl!«

Er wandte sich um.

»Ja?«

»Du bist wie deine Mutter. Und weißt, was?«

»Nein. Was denn?«

»Das ist wunderschön.«

Der Tag hatte sich eben erst vom Morgendunst gelöst. Der Himmel stand weit offen, schimmerte in Blau- und Rosatönen. Vereinzelte, sehr schmale Wolkenstreifen zogen sich unter ihm hin. Sonnenlicht schwärmte durch die schneidend kalte Luft. Der große Parkplatz des Klinikums Rechts der Isar war weich überdeckt mit Schnee und stellenweise vereist. Lediglich drei Fahrzeuge standen dort. Ein jedes mit zugefrorenen Fensterscheiben. Ein dunkelgrauer Mercedes, ein roter Citroën und ein schwarzer Suzuki-Geländewagen.

Auf diesen steuerten die junge Frau und der junge Mann durch das unebene Weiß des Parkplatzes und durch die tiefe Stille zu. Beide trugen Wintermäntel und Handschuhe. Die junge Frau hatte ihre Reisetasche über die rechte Schulter gehängt. Und die Sonnenbrille aufgesetzt. Der junge Mann hatte eine Mütze auf dem Kopf, unter der sein braunes Haar hervorkam, und trug einen Rucksack auf dem Rücken. Er ging langsam und atmete tief ein und aus. Er hatte das Gefühl, seit Monaten keine Luft mehr bekommen zu haben. Und es war ihm, als könnte er winzig kleine, flimmernde Leuchtkörperchen in der Luft tanzen sehen. Als sie dem Wagen näher kamen, konnte er den in Schwarz gekleideten Mann sehen, der mit dem Rücken an der Fahrerseite des Suzuki lehnte und die behandschuhten Hände aneinanderrieb. Und die schwarze Reisetasche, die neben ihm im Schnee stand. Sein Atem stand ihm in weißen Wolken vor dem Gesicht. Für Sekunden tauchte ein Sonnenstrahl die breite, kräftige Gestalt in helles Licht.

»Erinnert ihr euch an diesen glatzköpfigen Kerl?«, sagte Kudowski, als die beiden noch einige Schritte entfernt waren. »Den ihr anfangs bei euch hattet? Und der dann abgehauen ist?«

Er blickte schräg an ihnen vorbei und zu Boden. »Ich soll euch was von ihm sagen.« Er zog die Nase hoch. »Ich soll euch sagen, dass es ihm leidtut, dass er einfach so abgehauen ist. Dass er das nicht hätte tun sollen. Zum einen nicht, weil so eine totenstille Welt, in der alles schläft, entsetzlich öde ist, wenn man niemanden hat, mit dem man sie sich zusammen ansehen kann. Zum anderen nicht, weil man zwei Menschen nicht einfach so zurücklässt. Geschweige denn zwei Menschen, die einem wirklich viel bedeuten. So eine islamische Nudel von der Tankstelle, die alles besser weiß und einen einfach nicht ranlässt. Egal, was man tut.«

Mit einem schelmischen Lächeln fügte er rasch hinzu: »Wobei man wirklich viel von dem, was sich eine Frau nur wünschen kann, zu bieten hätte, aber schätze, das ist 'n anderes Thema.«

Er machte eine vage Handbewegung zu Robert hin und fuhr fort: »Und so ein dürrer Kerl, der einen immer so lieb anschaut wie ein Kätzchen, aber mal fauchen sollte wie eins. Und der letzten Endes gar nichts zu wissen scheint. Jedenfalls nicht, was für ein toller Mensch er ist. Denn sonst würde er nicht so mit sich umspringen. Und zu guter Letzt auch deshalb nicht« – und er legte die flache Hand auf das Verdeck des Geländewagens –, »weil ein Leben ohne ein schwarzes Gefährt, das Ritchie Blackmore heißt, leer und sinnlos wäre.«

Kudowski machte zwei Schritte vom Wagen weg und rieb sich das Gesicht mit der Rückseite seiner im Handschuh steckenden Hand, stampfte ein paar Mal mit den Füßen, um den Schnee von den Schuhen abzutreten. Dann wandte er sich wieder den beiden zu. Zwischen kleinen Falten blitzten seine Augen.

Annina blickte ihn an, hob langsam mit der rechten Hand die Schlaufe ihrer Reisetasche über den Kopf und ließ die Tasche in den Schnee sinken. Dann nahm sie ihre Sonnenbrille ab und steckte sie in die Tasche ihres Mantels. »Dieser Kerl, von dem du da sprichst«, sagte sie und schirmte dann mit der Hand die Sonne ab, die ihr ins Gesicht schien, »der den Frauen so viel zu bieten hat ... wie heißt er gleich noch?«

»Karl«, sagte er. »Karl Kudowski.«

»Du lieber Himmel: Karl. Also, ich denke, mit diesem Namen kann man sich die Damen gleich von vornherein abschminken. Aber wie dem auch sei ... dieser Karl also, könntest du ihm etwas von mir ausrichten?«

»Lässt sich einrichten. Was denn?«

Sie sprang ihm entgegen, an ihm hoch und schlang ihre Beine um seine Taille.

»Wow«, sagte er und drehte sich einmal mit um ihren Rücken geschlungenen Armen im Kreis herum, während ihrer beider Atem sich zu einer großen Dampfwolke vermengte. »Da muss ich wohl gute Arbeit geleistet haben.«

»Möglich«, sagte sie, als sie wieder Boden unter den Füßen hatte. »Aber bild dir nichts drauf ein. Du weißt, wie schnell sich gute Taten ins Schlechte verkehren.«

»Heilige Scheiße«, erwiderte er. »Nur du kannst so einen Satz sagen. Aber ich werd mir Mühe geben. Versprochen. Und könntest du jetzt vielleicht noch mal deiner Lieblingsbeschäftigung frönen?«

»Du meinst, dich in deine Schranken zu weisen?«

»Nein, die Scheiben frei zu kratzen, Liebling. Ich würde mich gern für kurze Zeit mit Robert allein unterhalten.«

»Aber sicher doch, die Herren.«

»Komm, Robert, wir gehen ein Stück.«

Robert ließ seinen Rucksack beim Auto zurück, und die beiden setzten sich in Bewegung, spazierten nebeneinander über die blendend helle Fläche des Parkplatzes. Schnee knirschte unter ihren Schuhen. Einem Impuls folgend, drehte sich Robert im Gehen um, warf einen Blick zurück. Er sah das Klinikgebäude aufragen, schweigend, drohend. Mit den unzähligen Fenstern und dem langen, rechteckigen Dach, auf dem Helikopter landen konnten. Er blickte es an wie jemand, der Abschied nimmt. Es schien ihm, als würde das Gebäude das Licht dieses Tages weitestgehend abwehren, zurückwerfen. Und bevor er sich wieder umwandte, dachte er bei sich: Das passt irgendwie – wo drinnen doch alles gewissermaßen in einem anderen Licht erscheint. Dem Licht der Neonröhren und OP-Lampen.

»Ich freue mich sehr, dass du wieder hier bist«, sagte Robert schließlich zu Kudowski. »Das ist wie ein Geschenk.«

»Danke«, sagte Kudowski. »Um ehrlich zu sein – ich bin hauptsächlich aus einem einzigen Grund zurückgekommen. Und der heißt Scarlett Johansson. Sie ist ausgerastet, als ich ihr erzählt habe, dass ich dich im Stich gelassen habe. Sie hat sich elende Sorgen gemacht. Sie hat gesagt, sie könnte einfach nicht mehr weitermachen, wenn dir etwas zustößt. Allein schon aufgrund des famosen Sex, der ihr dadurch verwehrt bliebe. Sie hat mich praktisch gezwungen zurückzukommen.«

»Ich werd ihr mal eine SMS schicken.«

Sie kamen an einem jungen Baum vorbei, und Robert betrachtete die kleinen, glitzernden Eiskristalle, die die Äste verzierten. Dann blieb er stehen und blickte sich um. So weit das Auge reichte, erstreckte sich die weiße Fläche, nur unterbrochen von dem Klinikgebäude hinter ihm, und eine scharfe, etwas dunklere Linie, bestückt mit Laternenmasten, zog sich gen Norden. Die Straße. Kurz kam ihm wieder Marei in den Sinn, die Sängerin. Das wässrige Blau ihrer Augen. Und er fragte sich, auf welcher glänzenden Straße sie wohl gerade unterwegs war und ob sie heute Abend wieder in einer Herberge im tiefen, tiefen Weiß des Landes Gedichte las und Lieder sang. Und er versuchte, sich Timmendorf vorzustellen, den Ort, der ihr Zuhause war. Den verschneiten Ostseestrand. Dann hörte er das leise Geräusch, das der Schaber machte, mit dem Annina die Scheiben des Geländewagens frei kratzte.

Sie marschierten weiter.

»Warst du schon länger hier und hast auf uns gewartet?«, wollte Robert wissen.

»Ja, kann man sagen. Die ganze Nacht.«

»Was? Im Ernst?«

»Nein, beruhige dich! War nur ein Witz. Ich habe mich da drinnen erkundigt. Und mir wurde gesagt, dass du heute schon wieder entlassen wirst.«

»Wo hast du denn geschlafen?«

»Ist nicht so wichtig«, meinte Kudowski. »Irgendwo eben. Jetzt ist ja wieder Tag.«

»Doch, sag's mir.«

»In so einem Asyl, nahe am Hauptbahnhof. Über 'nem Stripschuppen. Und ich glaub, so eine Puffmutter hat die Oberaufsicht dort.«

Kudowski stampfte mit den Füßen auf und schlug die Arme zusammen, um sich zu wärmen.

»Hört sich so an, als hätte es kaum einen besseren Ort für dich geben können.«

»Theoretisch schon. Aber was nützt ein Stripschuppen, wenn er geschlossen ist und die Stripperinnen irgendwo herumliegen und Schäfchen zählen?«

Er hielt einen Moment inne. Dann fragte er: »Und wie geht's dir jetzt? Nachdem du entlassen bist?«

»Danke, schon besser. Ich glaube, ich bin etwas zu Kräften gekommen.«

»Das freut mich. Das freut mich sehr. Und dein Vater, Robert? Was ist mit deinem Vater?«

»Ich war bei ihm. Sein Zustand ist ... ist so weit in Ordnung. Ärzte benutzen immer das grausame technische Wort *stabil*. Hinter dem sich die ganze verdammte Hölle verbirgt. Aber immerhin bin ich noch mal bei ihm gewesen. Heute früh, bevor wir gegangen sind, bin ich noch mal zu ihm rein, und ich habe mich von ihm verabschiedet. Da war er ganz fröhlich. Ich bin euch beiden so dankbar, dass ihr es mir ermöglicht habt, ihn zu sehen.«

Kudowski lächelte Robert an, aber dieser nahm plötzlich einen Schatten von Unruhe in seinen Augen wahr. Kudowski blieb stehen und blickte über den Parkplatz. Und nun bemerkte Robert auch, dass er abgezehrt und erschöpft aussah. Seine Lippen waren sehr blass. Seine dunklen Bartstoppeln drohten wie kleine Stacheln. Und er fragte sich, was er in den vergangenen achtundvierzig Stunden wohl alles getrieben haben mochte. Ob die Geschichte mit dem Nachtasyl stimmte. Oder ob er nicht viel eher zwei Nächte lang ruhelos durch die unter Schnee begrabenen Straßen Münchens gewandert war.

Schließlich sah Kudowski ihn an. »Hör mal«, sagte er, »der Grund, wieso ich vorgestern abgehauen bin, ist der: Weißt du, mein ganzes Leben lang sagen die Leute, dass ich rüde, brutal und was weiß ich nicht alles bin. Und vermutlich haben sie recht. Ich weiß nicht, wie ich's ändern soll. Das heißt aber nicht, dass ich kein Herz in der Brust habe, das schlägt, und keine Augen im Kopf, die sehen. Und ich habe dich gesehen. In deiner Empfindsamkeit, in deiner Empfänglichkeit für die Welt, wenn du so willst. Habe gesehen, wie du dir dein Leid schaffst, und habe gedacht: Wieso? Dieser Junge hat so viel. Ich hätte mir oft gewünscht, ein bisschen so zu sein wie du. Eine Mutter zu haben, die Geschichten vorliest. Einen Vater, der Fußball spielt. Bei meinem Vater stand was anderes auf dem Programm. Etwas, das mit Angst zu tun hat. Mit Schwielen. Und blauen Flecken. Und nachts sind wir im Kinderzimmer in unseren Betten gelegen und haben gehört, wie er meine Mutter ... ach, lassen wir das.«

Schweigend gingen sie einige Schritte. Kudowskis Gesicht hatte sich mit einem Mal verwandelt. Es erschien Robert jetzt zugänglicher, weicher, ängstlicher, als er es je gesehen hatte. Und noch nie war es ihm so klar vor Augen gestanden, dass sich Kudowski durch seine Tage bewegte, mit ebenjener Unrast, als wäre ihm jemand oder etwas auf den Fersen. Als könnte er keine Ruhe finden, als hätte er panische Angst davor, von irgendetwas eingeholt zu werden. Und er wünschte ihm einen Ort, an dem er sicher war. An dem ihm Wärme zuteilwurde. An dem er ruhig schlafen konnte und der fürchterliche Drang, seine Füße zu bewegen, verebbte.

Dann sagte Kudowski: »Ich bin hergekommen, weil ich dir sagen wollte, dass ich dich mag. Sehr sogar. Ich würde behaupten, ich habe in meinen vierunddreißig Jahren ein paar Dinge gemeistert. Aber das ist mir immer als die allerschwierigste Prüfung erschienen: die Menschen zu mögen. Und denjenigen, der ich selbst bin.«

»Den kenne ich«, sagte Robert. »Zumindest ein wenig. Einen Mensch, den, glaube ich, ziemlich viele Supermodels auf Alimente verklagt haben.«

»Ja, das ist er«, sagte Kudowski und versuchte ein Lächeln.

»Robert«, meinte er dann, »ich muss dir noch was anderes sagen. Annina hab ich's schon gesagt. In der Nacht, die wir zu dritt in der Herberge verbracht haben. Zu meiner Verteidigung muss aber erwähnt werden, dass ich da schon ein bisschen blau gewesen bin. Aber ich habe ihr eingeschärft, dass sie dir gegenüber nichts davon verlauten lassen soll.«

»Sie hat mir nichts erzählt«, sagte Robert.

»Weißt du«, begann Kudowski nach kurzem Zögern, »ich bin kein Polizist. Ich habe ganz einfach die Prüfungen nicht geschafft. So sieht's aus. Und leider ist das noch nicht alles. Ich war nicht in der Klink in Waldesruh, weil ich arbeitsunfähig bin oder ausgebrannt oder sonst was. Sondern weil ein solcher Aufenthalt zu einer Resozialisierungsmaßnahme gehört. Die Wahrheit ist, ich war davor zweieinhalb Jahre im Knast. Je näher meine Entlassung kam, desto weniger habe ich geschlafen. Zuerst haben sie mit mir geredet. Dann haben sie mir Pillen gegeben. Zwei Tage bevor ich raussollte, bin ich zusammengebrochen. Alle, die im Knast sind, so denkt man, wollen raus. Bei mir war's anscheinend das Gegenteil. Mich haben sie auf einer Krankenbahre raustransportieren müssen. Direkt in einen neuen Knast – Waldesruh.«

Und mitten auf dem winterlichen Parkplatz begann Kudowski nun von einem großen Haus in Berlin-Grunewald zu erzählen. Mit Säulen und Löwen, von denen der Stuck abgefallen war. Von einem heißen Julinachmittag. Von seinem alten Schulkameraden Giovanni, aus Rom stammend, der, wie er sagte, klein und drahtig wie ein Panther war und Augen hatte, die immer schon nach dem nächsten großen Ding Ausschau hielten. Giovanni, der Kudowski mit seinem gerissenen Charme schon häufiger für alles Mögliche hatte einspannen wollen. Davon, dass er selbst zu dieser Zeit einfach nicht gewusst hatte, was er mit sich anfangen sollte. Dass er am Boden gewesen war, nachdem der Plan, der ihm Hoffnung gegeben hatte, so kläglich gescheitert war. Der Plan, Gesetzeshüter zu werden. Davon, dass sein Schulkamerad ihn beim dritten Versuch schließlich hatte davon überzeugen können, bei der Sache mitzumachen. Am Ende seien sie zu viert gewesen. Vier Männer in einem für ihre Zwecke umgebauten silbernen Wohnmobil von Peugeot.

Kudowski erzählte, während er immer wieder in den Himmel blickte, als hätte ein Flugzeug ihm dort oben mit Kondensstreifen die Wörter gemalt, davon, dass sich an diesem Julitag kein Lufthauch geregt hätte. Und die Blätter an den Bäumen leblos in der Hitze hingen. Von den unruhig gemusterten Marmorplatten im Eingangsbereich des leeren Hauses erzählte er. Von der Standuhr, die wie ein Herz in einem toten Körper schlug. Von der Fotografie von Grace Kelly, die von einer Wand herablächelte und die er niemals in seinem Leben würde vergessen können. Davon, dass, als die Polizisten kamen, es ihm noch gelungen war, von einem Fenster im ersten Stock des Gebäudes aus in den Garten zu springen, der eher wie ein altertümlicher Park aussah, düster und streng. Dass er sich im Gebüsch versteckt hatte, Dornen ihm die Haut zerstachen. Dass er Stimmen hörte, die immer näher kamen. Dass er einen der Polizisten, die ihn abführten, noch von seiner Ausbildungszeit her gekannt hatte.

Während Kudowski dastand und redete, betrachtete ihn Robert eingehend. Und plötzlich kam ihm ein Zitat in den

Sinn. Es stammte von dem portugiesischen Schriftsteller João de Melo:

Die ganze Welt besteht aus Inseln,
aus dem Raum, der sie voneinander trennt
und miteinander verbindet.

Und umgehend hängte sich an diese Zeilen die Erinnerung an ein Gedicht. Ein Gedicht, das er in dem Buch mit dem blauen Einband in der Herberge gelesen hatte. Wie ging es noch genau?

Du schaust
Mal auf mich,
Mal auf die Wolke

Ich fühle
Dich, schaust Du auf mich, fern,
Schaust du auf die Wolke, nah

Er blickte den großen, breitschultrigen Kerl an, der ihm gegenüberstand, und mit einem Mal spürte er lebhaft, wie gern er ihn hatte.

Und er sagte: »Weißt du, im Ernst, Kudo ...«, und machte eine bedeutungsvolle Pause, »... der ganze Schnee dieses Winters könnte deine Anwesenheit nicht aufwiegen.«

Sie standen noch eine Weile da, zu zweit, unter dem weiten Himmel, im hellen Licht des Morgens, und sahen sich an, als wären sie beide gleichermaßen erfüllt von Dingen, die sie nicht sagten. Von Glück. Und heimlicher Furcht. Die so häufig entsteht, wenn Augen einander begegnen.

Als sie wieder beim Geländewagen ankamen, dachte Robert erneut über das Zitat mit den Inseln und den Räumen nach.

Und er dachte bei sich: Begegnung heißt also immer auch, sich dem Raum zu überantworten. Manchmal konnte sich der Raum zu einem ganzen Winter ausweiten. Einem Winter mit Frost, mit hastigem Schneefall. Mit Licht, das über weite, weiße Flächen hingleitet. Mit blitzenden Eiskristallen.

»Na«, sagte Annina. »Alle Familiengeheimnisse gelüftet?«

»Apropos Familiengeheimnisse«, sagte Kudowski wenig später. »Jetzt mal ehrlich: Wieso stehst du eigentlich nicht auf uns?«

Annina lenkte den klappernden Geländewagen langsam, beide Hände am Steuerrad, durch eine stille, verlassene, voll Schnee liegende und mit glasigem Eis überzogene Straße.

»Das kann viele Gründe haben«, sagte sie. »Vielleicht passt ihr nicht in mein Beuteschema. Vielleicht ist es aber auch was anderes.«

»So? Was denn?«, fragte Kudowski, der hinten im Suzuki saß und sich nun ein wenig nach vorn beugte.

»Ben bayanlari seviyorum«, sagte sie.

»Na super, und was soll das heißen?«

Sie grinste.

»Vielleicht stehe ich überhaupt nicht auf Männer.«

»Heilige Scheiße«, sagte Kudowski. »Ist das dein Ernst?«

»Ist ›Heilige Scheiße‹ dein neuer Lieblingsausspruch?«, wollte sie wissen.

»Momentan schon. Er ist vielfältig anwendbar.«

Dazu sagte sie gar nichts.

»Aber du bist doch ... du bist doch Muslimin«, meinte er.

»Stimmt«, sagte sie, »danke, dass du mich daran erinnerst.«

»Darf man das denn theoretisch als Muslimin?«

»Muslimin oder nicht. Ich glaube, eine der wichtigen und zugleich schwierigsten Aufgaben im Leben ist es, zu erreichen, dass das Wort ›man‹ einen nicht in die Knie zwingt.«

»Und was war mit diesem Typen, der so gern Rock'n'Roll gehört hat?«, fragte er. »Dem Ritchie-Blackmore-Typen.«

»Wer sagt, dass das ein Kerl gewesen ist?«

»Du bist ja fies«, sagte er, »das hättest du uns ruhig früher sagen können.«

»Aber hallo«, meinte Robert.

»Wie schon oft gesagt: Man muss auch manchmal fies sein im Leben, oder nicht?«, sagte sie. »Da fällt mir schon wieder ein Song ein. *Cruel to be kind*. Und ich hab's euch deshalb nicht gesagt, weil ich keinen Bock auf eure Sprüche hatte.«

»In diesem Fall hätte ich mir nie Sprüche erlaubt«, meinte Kudowski. »Ich weiß, mit euch Lesben ist nicht zu spaßen.«

Und nach einer kurzen Pause sagte er:

»Ich fass es nicht. Dann waren ja all meine Versuche, dich aufzureißen, von vornherein zum Scheitern verurteilt.«

»Stimmt«, entgegnete sie. »Sowohl deine als auch Roberts Versuche.«

»Was heißt das bitte schön?«, wollte Robert wissen. »Ich war doch immer brav. Ich habe im Gegensatz zu ihm da hinten nicht versucht, zu dir ins Bett zu steigen.«

Und fügte grinsend hinzu: »Das würde ich natürlich auch nie tun.«

»Wie schmeichelhaft, das zu hören.«

»Als ich gemerkt habe, dass da nichts läuft«, fuhr Robert in schelmischem Tonfall fort, »da habe ich mich, zugegebenermaßen schmollend, aber immerhin artig, sofort in die Rolle des liebevollen Vertrauten eingefunden. Und ich finde, ich bin in dieser Rolle gar nicht so schlecht, oder was meint ihr? Du machst es ab jetzt einfach genauso, Kudowski.«

»Heilige Scheiße«, sagte dieser. »Muss mir noch gut überlegen, ob sich diese Arbeit lohnt.«

Robert betrachtete sich in den Schaufenstern eines sehr großen Hauses, während Ritchie Blackmore voranholperte. Der Wagen tauchte auf und verschwand und tauchte wieder auf.

Dann sagte Kudowski:

»Ich musste doch schon schlucken, als ich gehört habe, dass du eine Türkin bist.«

»Kudo«, sagte sie, in den Rückspiegel linsend, »ich freue mich, dass du wieder da bist. Aber wenn hier rechte Tendenzen aufscheinen, schmeiß ich dich raus. So sieht's aus.«

»Ich habe keine rechten Tendenzen«, entgegnete er. »Ich habe höchstens einen rechten Dachschaden. Und allein die Bekanntschaft mit dir müsste ausreichen, um jegliche Ressentiments aus dem Fenster zu werfen. Das meine ich ganz ernst. Aber weißt du, wenn du wie in meinem Fall als Jugendlicher an zwei Türken geraten wärst, die ...«

»Schnauze, Kudo!«, sagte Robert.

»Schnauze, Kudo?«, wiederholte dieser, und ein strahlendes Lächeln ging über sein Gesicht. »Hey, unser Kleiner hier, der macht sich.«

Sie fuhren durch das im Winterschlaf liegende München. Und das helle Licht des Tages flutete gegen die geschlossenen Luken und verhängten Fenster, deren verschiedene Farben aufleuchteten und den flüchtigen Einblick in die Innenwelten der Stadt verwehrten. Vereinzelt allerdings gab es Anzeichen von Leben, das hier stattfand, tauchten Menschen auf, fuhr ein Wagen. Robert sah die Überreste eines Feuers, das wohl in der vorangegangenen Nacht mitten auf der Straße entzündet worden war – ein riesiger Aschehaufen mit verkohlten Holzstücken, angesengten Tannenzapfen und schwarzen Papierfetzen. Eine asiatische Frau, die mit leicht gekrümmtem Rücken vorsichtig, um nicht auf dem glatten Untergrund auszurutschen, ihres Weges ging. Aus der rechten Tasche ihres Anoraks ragten die Beine einer großen Plastikpuppe. Zwei in Daunenjacken gehüllte Männer des Sicherheitsdienstes, die mit vor den Mündern verwehendem Atem und mit sehr schwerfälligen Bewegungen – wie zwei Gestalten, denen nichts im Leben geblieben war bis auf den jeweils anderen – den vereisten Gehsteig entlangstapften. Zwei Jungs, die über die Fahrbahn schlitterten und einen alten Halbschuh umherkickten, dessen dünne Senkel zusammengebunden waren. Ein Gefährt, das sich mit kleinen Kreiselbesen durch den Schnee wühlte und ihn beiseiteschaffte. Und es wirkte, wie Robert dachte, nicht im Geringsten wie eine gemeinnützige Aufgabe, die hier bewältigt wurde, sondern wie die Aufgabe, die ein einzelner, von anderen abgeschnittener Mensch ganz für sich allein tat.

Eine schlanke, weiß gekleidete Frau, die auf der Straße stand, mit einer Fellmütze auf dem Kopf, und Krähen und Tauben fütterte. Und zwar auf eine seltsam schöne Weise, wie Robert fand, mit stillen, wie heiligen Augen, als wäre das Vögelfüttern während dieses Winters zu einem täglichen Ritual, zu einer Art Meditation für sie geworden. Und ihren dickbauchigen Kollegen vom lokalen Haustierfütterungsdienst, der, trotz der Kälte sichtlich schwitzend, einen großen Sack Hundefutter aus dem Laderaum seines am Straßenrand geparkten Busses holte. Alles Übrige war Starre. Bewegungslosigkeit. War Schweigen. Allmählich gewöhnte man sich daran, dachte Robert. An die Großstadt ohne Straßenlärm. Es brauchte eine Weile, denn das Ohr setzte den Lärm gewissermaßen voraus und schuf ihn sich deshalb selbst. Bis man plötzlich aufhorchte. Bis einem aufging, dass er gar nicht da war. Es handelte sich, wie Robert fand, um dasselbe segensreiche Aufhorchen, das einem in ganz seltenen Fällen beschieden war, im Zusammenhang mit den Rhythmen und Tonabfolgen, die einem das Leben aufzuzwingen schien und zu denen man glaubte sich bewegen zu müssen.

FÜNFTES UND LETZTES HEFT

Ein bisschen Tang, ein bisschen Sand

Die Kirche war voll. Man saß dicht an dicht in den Reihen aus dunklem Holz. Robert hatte schon lange nicht mehr so viele Menschen gesehen. Und in ihrer Anwesenheit, ihren ineinanderklingenden Stimmen, dem auf und ab wogenden Gemurmel während des Gebets, lag für ihn ein Zauber. Der mitunter auch daraus entstand, dass er sich gar nicht vorstellen konnte, woher diese Menschen alle mit einem Mal gekommen waren. Er hatte ein Gefühl, als hätte er sehr lange allein in einer harten, erbarmungslosen Wildnis gelebt und kehrte nun für eine Weile in die Wärme und Obhut menschlicher Gesellschaft zurück. Es waren ganz unterschiedliche Menschen. Robert sah ältere Damen und Herren in edlen Roben. Kleine, schön herausgeputzte Jungen und Mädchen mit knochigen Knien und aufgeregten Gesichtern. Jungen und Mädchen, denen die Zeit des Winterschlafs sonst wohl eher wenig Unterhaltung bot und eine finstere Unendlichkeit darstellen musste. Ein schlanker Mann war da, der kerzengerade und mit sehr andächtigem Gesicht in einer der Reihen saß. Eine blonde Frau mit sanften Porzellanaugen. Ein Südländer mit einem dunklen, sehr offenen Gesicht. Eine alte Dame in einem zerschlissenen Mantel, ruhig, immer lächelnd. Ein Mann, der einer verwilderten Katze ähnelte. Eine Teenagerin, die ein kleines, schiefes Lächeln lächelte, mit dem sie aussah wie eine Banditin, eine sehr schöne Banditin. Eine Frau, deren schwarzer Zopf über ihren Rücken hing. Eine andere Frau, deren Augen in Traurigkeit ertrunken waren. Eine mollige Frau mit weichem, rosarotem Fleisch, zarter Haut und großen Kinderaugen. Ein Junge mit einem dicken Kopf, der auf einem mageren Hals saß. Ein beleibter Mann mit einem fettglänzenden, aber sehr freundlichen Gesicht. Ein anderer Mann mit harten, kohlschwarzen Augen. Ein älterer Herr, über dessen Knochen sich die Haut wie eingetrockneter Lehm spannte. Zwei Punks – ein junger Mann und eine junge Frau, die aussahen, als hielten sie fest zusammen, was immer da auch kommen würde.

Robert empfand ihnen allen gegenüber eine seltsame Nähe. Ganz gleich, welcher Grund in den einzelnen Fällen dazu geführt hatte, auf den Winterschlaf zu verzichten. Ob es ein ideeller, ein ganz bangloser oder ein trauriger Grund war. Sie alle waren von irgendwoher in dieser weggedämmerten Stadt mit ihren verschlossenen Hauseingängen, mit den heruntergelassenen Jalousien, den verhängten Fenstern, den zugezogenen Klappläden in die blaue Leere dieses Morgens marschiert, um hierherzukommen. In die berühmte Stiftskirche St. Kajetan, besser bekannt unter dem Namen Theatinerkirche. Mit ihrem prunkvollen, weißen, reich mit Stuck im Stil des Barock und Rokoko dekorierten Innenraum. Mit ihren Säulen und Ornamenten. Um gemeinsam eine Messe zu feiern. Und da war etwas in der Mimik und Gestik der meisten anwesenden Personen, etwas in ihrem Blick, das verriet, dass ihnen dieser Besuch, dieses Zusammenkommen, viel bedeutete.

Links neben Robert saß Annina mit weit geöffneten Augen, die in Richtung des Hochaltars blickten. Kudowski hatte sich in eine andere Bankreihe gesetzt. Sein Gesicht war, soweit Robert erkennen konnte, zumeist von einem Lächeln gezeichnet. Rechts neben Robert saß eine brünette Frau in einem Trenchcoat, um die fünfunddreißig, die ein kleines Kind im Arm hielt. Sie hielt das Kind so, dass es über ihre Schulter blicken konnte. Und es schien sehr zufrieden zu sein und schrie während der gesamten Messe kein einziges Mal.

Robert ließ seine Blicke durch den weißen, von Sonnenschein durchfluteten Innenraum der Kirche wandern. Er hatte in diesem Winter schon so viel Weiß gesehen. Aber noch nie war es ihm so schön, so erhaben, auf eine so wohltuende, auf die Seele einwirkende Weise erschienen wie in dieser Kirche. Er spürte, wie Hoffnungen in ihm wach wurden.

Der Pfarrer, der die Messe hielt, ein silberhaariger Mann mit einer tiefen, rasselnden Bassstimme, sprach in seiner Predigt davon, dass die Menschen in Gott wohnten, durch welche Tage oder Träume wir auch immer wandelten. Da blickte Robert auf zu dem verzierten Kirchengewölbe, und er dachte an das Wort »Wohnen«. An das Wort »Zuhause«. Plötzlich fiel ihm ein, dass er als Junge einmal in einem Schulaufsatz geschrieben hatte, nicht so gern hier unten auf der Erde zu leben. Dass er lieber irgendwo hinaufwollte zu den Sternen. Ihm fiel ein, wie ernst er das damals gemeint hatte. Keine Stufen mehr in einem Treppenhaus hinaufsteigen. Kein viereckiger Tisch. Kein viereckiger Schrank. Keine Topfpflanze. Keine scharfen Kanten. Keine Uhr, die tickt, die sagt: Du musst los. Kein kalter Boden unter den nackten Füßen, nachts. Keine Schatten an den Wänden.

Wenn ich mir ein Zuhause vorstelle, dachte er, muss es wie eine Muschel sein. Glatt, still, beschützend. Mit einem Inneren, in dem ich ganz verschwinden kann. Vielleicht ist das, wovon ich träume, auch das Haus einer Schnecke. Einer schönen, großen Meeresschnecke.

Einmal, erinnerte er sich, fand er so ein Gebilde. Als er zusammen mit seinen Eltern und Geschwistern am Meer war. Da war er vielleicht zehn Jahre alt. Eine Trompete, mit einem tiefen Loch nach innen. Sein Vater sagte: Es ist eine Schnecke. Seine Mutter sagte: Nein, es ist eine Muschel. Und dann stritten sie, und Robert wünschte sich so sehr, in dem Inneren dieses Was-auch-immer-es-war-Hauses zu verschwinden.

Mit nichts als dem Geräusch des Meeresrauschens, das so rätselhaft in allen Muscheln tönt. Sie liegen im Sand und warten darauf, vom Meer wieder weggetragen zu werden. Irgendwohin. Das Meer spielt mit ihnen. Wenn die Tiere, denen sie gehören, sterben, zieht das Meer sie heraus. Die Schale bleibt zurück. Robert dachte: Ich würde mich in diesem Zuhause nur mit weichen Dingen umgeben. Ein bisschen Tang, ein bisschen Sand. Wenn ich so ein Zuhause hätte, müsste man mich lange suchen. Und niemand sagt: Ich will nur mal schnell reinkommen. Und derjenige, den ich hineinlasse, der weilt bei mir. Während sich ein Winter in einen Frühling und ein Herbst sich in einen Winter wandelt.

Als einmal mehr lautes Orgelspiel ertönte und der Pfarrer und die Menschen, die sich an diesem Morgen in der Theatinerkirche eingefunden hatten, zusammen *Großer Gott, wir loben Dich* sangen, stimmte Robert in den Gesang mit ein:

Herr, erbarm, erbarme Dich!
Auf uns komme, Herr, Dein Segen,
Deine Güte zeige sich,
Auf Dich hoffen wir allein,
Lass uns nicht verloren sein.

Die Scharen der Kirchgänger strömten hinaus auf den Odeonsplatz. Teilten sich und verstreuten sich in alle Richtungen, ihrer jeweiligen persönlichen Abgeschiedenheit zu, aus der sie so plötzlich gekommen waren.

Und die tiefe Winterstille sann darauf, die Erinnerung an ihre Stimmen und Schritte rasch vergessen zu machen. So wie alle Geräusche der übrigen drei Jahreszeiten, mit denen man Tag für Tag lebte. Die so gewöhnlich und unbewusst waren wie der eigene Pulsschlag. Der Himmel war klar, weit und frostig. Das Gelb der Theatinerkirche wirkte satt und strahlend in der winterlichen Sonne.

»Und wie geht's jetzt weiter?«, fragte Kudowski.

»Jetzt«, sagte Robert, »holst du dein iPhone mit der Winter-App raus, und wir suchen ein Restaurant, das geöffnet hat.«

»Ja, und dann?«

»Ja, und dann essen wir. Ich habe Hunger, ihr nicht?«

Der Tag, an dem ich Waldesruh verließ, zog kalt und grau herauf.

Nachdem ich all die Sachen, die sich in drei Monaten angehäuft hatten, endlich zusammengepackt hatte, fiel mein Blick auf die leere Pinnwand und die vielen Stecknadeln darin, mit den bunten Köpfen. Bevor ich mein Zimmer endgültig verließ, stand ich noch lange da und habe überlegt, sie wieder so anzuordnen, dass das Wort »Liebe« zu lesen war. Aber ich hab's dann doch gelassen.

Ein Mitpatient, ein großer, breitschultriger Mann mit hell blitzenden Augen und einer Glatze, der mir während der langen Zeitspanne der Therapie und der Kontemplation eine Art Gefährte geworden war, half mir dabei, meine Taschen und Tüten hinunter ins Erdgeschoss zu tragen.

Ich bin mir bewusst, dass sich Danksagungen oft ermüdend ausnehmen und vielleicht auch Ausdruck dessen sind, dass der Danksagende sich selbst und das eigene Tun zu wichtig nimmt. Aber hier ist es mir vordergründig und mit aller Herzlichkeit darum zu tun, mich bei einigen Menschen zu bedanken, die es verdient haben, namentlich genannt zu werden.

Burkhard Hofmann, Roswitha Broszath, Döndü Aldirmaz, Martin Düe, Anne Mieling, Dita Neesen, Markus Kurznack, Melanie Arns, Martin Gutermuth, Doris Holland, Julia Tichonow, Stefanie Rose, Thorsten Kopp, Sina Biermann, Oliver Otte, Jennifer Goff, Nadine Buch, Claudia Bönneke, Stefan Klapp, Monika Sanow-Stephan, Matthias Landwehr, Frank Jakobs, Dirk Geisler, Constanze Neumann, Stephan Lebert, Lisa Lebert, Andreas Lebert, Wiebke Hansen, Stefanie Götting, Thomas van der Heyd, Jan Koch, Ute Kirschbaum, Christine Albert, Laura Germann.

Und Ursula Lebert.